Berndt Schulz

SCHÖNE GRÜNE WELT

Episoden vom Land

Roman

edition federleicht

Den „Schwalmgegenden"
der Brüder Grimm mit ihren inspirierenden
Menschen und Tieren gewidmet.

INHALT

TEIL EINS

Angekommen!

Die Blätter fallen im Tanz, rote Äpfel an den Bäumen, die Luft frisch wie am ersten Tag. Überall in den Wäldern regen sich die Zeichen des üppigsten Lebens. Geheimnisvolle Pilze wachsen plötzlich genau hier und nicht irgendwo. Spuren von Tieren im verlockenden Moos. Alles verabredet sich, und überall leuchtet es im Unterholz. Es ist etwas Überwältigendes da, etwas Wunderbares. Etwas Flüsterndes und sich Regendes. Viel wird erzählt in diesen Herbstzeiten. Man bereitet sich vor.

Rosskopf

Neulich kam einer aus der Stadt und behauptete, wir hier auf dem Land lebten doch im Glück. Jeder liebt jeden. Und alle sind Wiederkäuer. Das war natürlich ein unglaublich komischer Scherz. Wir lachten alle herzlich darüber! Herzlich darüber!

Aber wenn ich es genau überlege, dann stimmt das sogar. Und dass wir alle darüber lachten, das zeigt mir, wie sehr wir tatsächlich auf dem Land angekommen sind. Wir bilden eine echte Gemeinschaft. Von Tüchtigen. Von Freundlichen. Von Vorurteilslosen.

Der Pfarrer sagt zu mir: „Sie müssen den Leuten an der Nasenspitze ansehen, was sie denken!" Da hat er recht. Man kriegt von ihnen keinen Kommentar zur Lage. Höchstens hintenrum, über die Äcker, der Wind weht dann und wann was heran. Aber die Stimmung bleibt heiter und entspannt. Nicht wie in der Stadt, wo man dauernd alles Mögliche um die Ohren gehauen bekommt. Wo man sich dauernd verteidigen muss. Nein, hier auf dem Land lässt man den Anderen in Ruhe. Er ist eben so, wie er ist. Und damit muss zuallererst er selbst zurechtkommen.

Wir gewöhnten uns also schnell an die konservative Gelassenheit der Landbewohner, und wir dachten: Mein Gott, es ist eben so!

Eine solche Haltung nimmt die kritische Schärfe aus den Urteilen. Man nimmt das Leben in allen seinen Äußerungen horizontal wahr. Aus Urteilen werden Betrachtungen.

Man wird ziemlich gelassen dadurch.

So habe ich es mir immer vorgestellt. Und ich habe es bekommen. Meine Frau ist regelrecht glücklich darüber. Sie geht über die Wiesen, der Wind spielt in ihrem schon leicht ergrauten Haar, sie pflückt Blumen. Jedenfalls die, die noch da sind. Denn die Giftspritzerei auf den Feldern – naja, das ist ein anderes Thema. Sie geht über die Wiesen und wirft Blicke auf alles um sich herum. Die Katze springt heran. Die Amseln umschwirren den Kirschbaum und singen. Die Blindschleichen züngeln. Meine Frau findet das Glück im Garten. Und ihr Fazit lautet: „Ist das Leben nicht schön!"

Ja, das ist es tatsächlich. Man kann auf dem Land Leute kennenlernen, die gibt es in der ganzen Stadtlandschaft nicht. Menschen, die noch ihre ureigensten Eigenschaften besitzen und nichts Geborgtes haben. Hier triffst du sie. Jeder kann sein, wie er eben ist. Platz ist genug da.

Nimm nur den Landarzt. In seiner Praxis hängen Uhren an den Wänden, die falsch herum laufen. Oder nimm den Ortsvorsteher. Er regiert seinen Ort ausschließlich vom Traktor herab. Oder die mit dem schönsten Garten. Sie lacht ständig über nichts. Oder der Pferdezüchter. Er lässt sich mit einer Antwort Zeit, bis die Sonne untergeht. Oder der Metzger. Er ist hässlich wie die Nacht, aber grundgütig bis in die Tiefen seiner Seele. Auch der Tankstellenbesitzer ist ein Original, er rettet Hornissen an den Zapfsäulen, während die Kundschaft Schlange steht. Oder nimm meinetwegen unseren nächsten erreichbaren Nachbarn. In seinen Nebengebäuden hängen Gartengeräte an den Wänden, deren genaue Abstände voneinander du mit dem Millimetermaß nachmessen kannst.

Sie alle machen genau das, was ihnen passt und scheren sich nicht um Leitbilder.

Ich denke, mit unserem Umzug aufs Land haben wir die richtige Entscheidung getroffen. Ich bin gespannt, wie viele aus der Großstadt unserem Beispiel folgen werden. Ganz entfernt am Horizont sehe ich sie schon heranrücken.

Na gut, ich freue mich darauf. Wir sind jedenfalls schon hier.

Erdmuthe

„Erdmuthe hält nie hinter dem Berg mit der Wahrheit", sagte die Frau und deutete mit dem Messer in der linken Hand auf den Besucher in ihrer Küche.

Den Besucher erfreute das. Er liebte Menschen, die unbedingt die Wahrheit sagten. Er blickte auf das Küchenmesser in der Hand von Erdmuthe und dann hinaus in den Garten, auf dem die Sonne hell und heiß lag, der Himmel war hier oben auf der Höhe sehr niedrig.

„Erdmuthe sagt auch dann die Wahrheit", sagte sie, „wenn es den anderen nicht passt."

„Das bringt eine Menge Schwierigkeiten", wusste der Gast.

„Ja, denkst du denn, davon kannst du nicht ausgehen?", sagte Erdmuthe in ihrer umwegreichen Diktion, die sie in ihrem kurzen und konfliktreichen Berufsleben ausgebildet hatte. „Nein! Nein, nein! Hör mal! Damit schafft man sich nicht immer Freunde!"

„Schon gar nicht als Fremde hier oben auf dem Berg!", sagte der Besucher.

„Sag mal! Nein! Das ist überall schwierig!", sagte Erdmuthe.

Der Besucher sah ihr zu, wie sie das Messer jetzt senkte und das Gemüse sorgfältig fein hackte. Dann die Kräuter aus ihrem Garten.

„Ich könnte dir helfen, Erdmuthe", bot der Besucher an.

„Willst du das tun?", sagte Erdmuthe, stemmte die Arme in die Hüften und beugte den Oberkörper zurück. „Alles kommt in die große Schüssel. Es macht dir doch nichts aus, wenn wir das Essen zusammen zubereiten?"

„Überhaupt nicht, in dieser schönen Küche, und bei diesem herrlichen Blick nach draußen", beteuerte der Besucher.

Tatsächlich bot der Ausblick durch die hohen Fenster, über die gemütliche Terrasse, den überquellenden Garten, die hinteren Obsthecken hinunter ins Tal bis zum fernen Horizont Bilder wie aus einem Landlust-Katalog. Verstohlen blickte der Besucher hinüber zu den Küchenregalen, in denen ganze Jahrgänge dieser Kataloge standen.

Der Besucher hackte den Knoblauch fein.

Erdmuthe sah ihm im Stehen zu, ließ ihn gewähren,

ohne ihn anzuleiten, sie vertraute ihm offensichtlich. Das gefiel ihm.

Als er den Knoblauch fein hatte, blickte er sie an. Wie lange er sie schon kannte, ohne ihr je wirklich nahegekommen zu sein! Ihr sonnengegerbtes Gesicht wirkte alt, uneben, fleckig an den breiten Backenknochen, aber ihre Augen sprühten. Ihre Stimme war lebhaft und ihre Gestalt jung, sie bewegte sich geschmeidig.

„Erdmuthe kann immer darauf bauen, ein reines Gewissen zu haben", sagte sie unvermittelt. „Hör mal! Das kommt ja gar nicht in die Tüte!"

„Dass du die Unwahrheit sagen müsstest?", vermutete der Besucher.

„Na, was denn! Das kannst du doch überhaupt nicht anders sehen!", sagte Erdmuthe.

„Bist du deshalb auf den Berg geflüchtet?", fragte der Besucher.

„Ach, Quatsch! Hör mal! Ich bin doch nicht geflüchtet!", protestierte sie. „Der Mann ist tot, die Kinder aus dem Haus, da bin ich doch frei!"

„Du bist freiwillig hier in der ländlichen Einsamkeit, fast ohne Mitmenschen?"

„Aber was denkst du denn! Nein! Ich treffe viele Leute!"

„Früher, in deinem erfüllten Berufsleben, kanntest du mehr Menschen", sagte er. „Ich erinnere mich an große Gesellschaften in der Hauptstadt. Das ist aber wohl vorbei!"

„Ach, Quatsch! Nein!!! Hör mal!"

„Um dich herum waren Menschen, die Ansprüche an dich hatten", blieb er hartnäckig.

Sie wiegte ihren verbrauchten, schlanken Leib, wie zu einer unhörbaren Musik.

„Man hat in meinem Beruf oft die Unwahrheit von mir verlangt", sagte sie. „Egal, wo ich hinkam. Rund um die ganze Welt. Aber ich habe es nicht getan! Ich habe lieber auf eine Karriere verzichtet."

„Du bist ein Mensch, der gerecht sein will", sagte der Besucher.

Ihr Lachen war laut, aber bezaubernd. Es dauerte lange, dabei bog sie wieder ihren Oberkörper zurück und stemmte die Arme in die Seite. Das Lachen lief in ein neckisches Schmunzeln aus. Sie strich sich die weißen Haare mit den kleinen Fingern ihrer beiden Hände aus der Stirn. Dann beugte sie sich über den Tisch, steckte einen Finger in das Dressing und leckte ihn ab.

„Das könnte man doch wohl fertig nennen, oder etwa nicht?", fragte sie. „Oder was fehlt noch?"

„Es wird köstlich schmecken", sagte der Besucher.

„Erdmuthe kann schon kochen, das ist wahr", sagte sie. „Aber sie ist nicht perfekt. Das kann man wirklich nicht sagen! Sie muss noch viel lernen. Und dieser Garten macht so viel Angebote, das ist Wahnsinn! Willst du mir das glauben!"

Er sah hinaus. Gemüse und Obst überall. Und dazu nickten Kosmeen, Sonnenschirme, Akeleien mit den Köpfen.

„Hier auf dem Berg wächst das Gemüse sicher wie die Feuerwehr?", sagte der Besucher.

———

„Ja, wie denn! Davon kannst du ausgehen! Das war doch mit ein Grund, weshalb ich hier heraufgezogen bin."

„Du bist auf keinen Fall geflohen, ich weiß! Auf gar keinen Fall. Und du hast dir ein perfektes Haus gebaut, Erdmuthe! Ein Traumhaus!"

Sie rang die Hände.

„Ich habe es mir von den paar Nachbarn, die es hier oben gibt, bauen lassen, das ist wahr! Aber alles nach meinen Vorgaben! Es kann doch gar nicht anders sein, als dass ich dafür lange gebraucht habe! Sehr lange! Aber ich habe es geschafft. Was Erdmuthe beginnt, führt sie zu Ende!"

Er erhob sich von dem alten Tisch, der genau in der Mitte der Küche stand. Drinnen kochen, draußen essen, dachte er, dazwischen nur ein paar Schritte auf die Terrasse, in den Garten. Weite Blicke ins Tal. Den freundlichen Nachbarn zuwinken. Dann wieder zurück in die offene Küche. Drinnen und Draußen als Einheit. Ein alter Traum, von dem sie früher oft gesprochen hatte.

Sie wusch sich unter dem Wasserhahn die Hände, trocknete sie sorgfältig ab. Dann trat sie auf ihn zu, sah ihn liebevoll an und nahm sein Gesicht in beide Hände.

„Wie ich mich freue, dass du gekommen bist!", sagte sie. „Wie ich mich wirklich freue! Hör mal, das ist so schön! So wunderschön!"

„Ja, Erdmuthe!", sagte er verlegen.

„Hör mal!", sagte sie, „denkst du etwa, wir werden

nicht bald essen? Doch, das werden wir! Ich decke schon mal. Draußen ist es noch warm genug, denkst du etwa nicht?"

„Doch, das denke ich", sagte der Besucher. „Wir werden draußen essen."

Die untergehende Sonne beschien warm den Gartentisch. Er nahm Platz. Sie kam kurze Zeit später, stellte alles hin und setzte sich gegenüber.

„Erdmuthe bringt alles zu Ende", sagte sie. Sie lachte, sah ihn eindringlich an und sagte: „Na, weißt du, jetzt kannst du doch loslegen! Lass es dir schmecken! Und wenn es dir nicht schmeckt, dann sagst du es laut und deutlich. Ja? Laut und deutlich! Versprichst du mir das? Du musst es mir unbedingt sagen!"

„Ja, Erdmuthe", sagte er.

Das Essen schmeckte wunderbar.

Herbert

„Ja, Sie müssen doch wissen, ob Sie einen Öko-Rasengitterstein verwenden wollen oder eine Gehwegplatte grau, einfach, wenn auch mit Edelsplittvorsatz."

„Weiß ich nicht."

„Oder ob Sie für die Rasenkanten, die Sie offensichtlich planen, die bewährten Abgrenzungselemente nehmen, die wir anbieten, natürlich mit Nut und Feder. Oder den farbigen Palibord klein."

„Weiß ich eben nicht."

„Dann kann ich Ihnen kaum helfen. Denn Sie müssen

schon mitarbeiten. Sie können es ja nicht den Mitarbeitern hier überlassen, wie Ihr Bereich mal aussehen soll."

„Ich dachte, das könnte ich."

„Sehen Sie – wenn sich Ihre Gestaltungsphantasie im Rahmen dessen bewegt, was die Produkthersteller anbieten, dann haben Sie eben eines Tages einen Vorplatz, der genauso aussieht, wie der Ihrer Nachbarn."

„Genauso aussieht, wie aller Nachbarn?"

„Im schlimmsten Fall!"

„Ob ich das will, meinen Sie, das muss ich mir dann überlegen?"

„Es sei denn, Sie platzieren ein paar Hingucker."

„Wie zum Beispiel?"

„Eine Ruine klein, mit Fenster? Durch das nachts der Vollmond schaut? Sehr romantisch!"

„Den Vollmond müsste ich wohl extra bestellen?"

„Wir bieten auch Ratenzahlung an!"

„Eine Sitzbank wäre auch denkbar?"

„Absolut! – Oder ein Outdoor-Set Mini mit rustikaler Optik, auf der Basis von Ruck-Zuck-Beton. Der absolute Blickfang! Sie haben ja so viele Gestaltungsmöglichkeiten!"

„Ich möchte eben nicht im Wettbewerb der ländlichen Spießer mitwirken, verstehen Sie mich!"

„Ich verstehe Sie! Deshalb meine Angebote! Denn ich sehe doch, dass Sie – wie soll ich sagen – etwas Besonders wollen, und auch etwas Besonderes sind!"

„Aber dann wird es teuer!"

„Nicht wahr!"

———

„Dann muss ich mir die Sache tatsächlich noch mal überlegen."

„Wir sind von 8 bis 18 Uhr für Sie da."

„Ich denke nur, ich brauche zumindest eine Rasenkante. Denn an unserem Grundstück gehen ja so viele vorbei. Es liegt am Dorfeingang, wissen Sie? Wer da alles rüberguckt! Und schnell ist man eingeordnet."

„Dagegen ist keiner gefeit!"

„Es sei denn, ich weiche auf ein Element in meiner Größe aus?"

„Auf den Palibord groß, genau! Dann sieht keiner rein. Dann können Sie sogar eine Gartendusche als Spaß für Groß und Klein mit einem pfiffigen Bausatz aufrichten. Schnell und effektiv. Kein Problem!"

„Niemand sieht mich!"

„Und auch Sie niemanden!"

„Oder im Gras auch ein Springbrunnenset, was?"

„Mit Terrazzokugeln ihrer Wahl!"

„Oder mit Amphoren im Antiklook aus Terracotta!"

„Jetzt arbeiten Sie mit!"

„Ich beweise meine individuelle Note?"

„Jederzeit!"

„Womöglich mit eingebautem Wasserreservoir!"

„Sie wären – ich will mal sagen – unabhängig!"

„Ach, Freizeit kann schön sein, nicht wahr!"

„Mit den passenden Geländesystemen ..."

„Ich bräuchte halt nur einen Garten!"

„Das – wäre von Vorteil!"

„Aber woher nehmen!"

„Do it yourself!"

John und Harriett

Als sie an diesem Morgen aufbrachen, bestand die Welt aus drei Farben: Rot, Grün und Gelb. Der Himmel, obschon deutlich zu sehen, schrumpfte zusammen. Wie in einem Mosaik kam auf seiner blassen Fläche ein Teilchen bunter Herbstfarbe nach dem anderen dazu, hineingesetzt von einer unsichtbaren Hand. Wenn Harrietts Blicke eine Lücke durch die dichter werdenden, bizarren Formen der Baumkronen fanden, endeten sie vor dem Wind, der die Bäume bewegte. Der Herbst umschloss sie.

Es war Harrietts liebste Jahreszeit. Die Natur wurde übermächtig, sie beherrschte jetzt alles, es war ein Schauspiel. Aber Harriett wusste, dass dahinter noch etwas anderes wartete. Etwas immer Wiederkehrendes, etwas Beständiges. Vielleicht trug es nur den Namen *John*, der sie auf dem Spaziergang begleitete. Er wartete. Nun schon seit zwanzig Herbstzeiten, wie Harriett gerade an diesem Morgen während des Frühstücks verwundert ausgerechnet hatte. Er war lange an ihrer Seite gewesen.

Das Wetter blieb unbeständig. Die Luft mild. In manchen Senken lag bereits Nebel. Die Landschaft bestand aus Wellen von Anhöhen und kleinen Tälern, durch die Hohlwege führten, an Obstwiesen vorbei, auf denen einsame Pferde grasten. Eine enge, holprige Welt, die sich jäh weitete und Blicke über Hügelketten zuließ; in der Ferne verblassten die Berge, vor denen die Städte lagen.

Harriett verspürte Lust, sich auf eine Bank zu setzen und mit John zu reden. Die Beine übereinandergeschlagen, bequem zurückgelehnt, viel Zeit auf ihrer Seite, ihr Arm auf seiner Schulter. So konnte er ihr nicht entkommen. Sie fand diesen Gedanken belustigend, denn John wollte nicht fort. Aber wie so oft, hatte sie auch in diesem Augenblick das Gefühl, dass er ihr fremd war.

Sein Körper. Diese Bewegungen. Eine weiche Stimme, die erklärte. Der immer abgelenkte Blick, mit dem er sie erstaunt musterte. Erstaunt über ihre Anwesenheit. Er schob Sätze zwischen sie, Gedanken. Nur wenn sie ihn berührte, war er ihr nahe. Dann wendete er sich ihr zu.

John rutschte näher, saß schief auf der Bank, die unter ihm klein wirkte, legte seine Hand auf Harrietts Knie. Er erklärte, was er vorhatte. Eine Arbeit über eine unbekannte Autorin des vorigen Jahrhunderts, aufwendige Recherche. Harriett selbst hatte sich mit diesem Thema beschäftigt, dann gab sie es an John ab. Er nahm es ihr aus den Händen. Er war hartnäckig im Verfolgen von Projekten.

Harriett erschrak. Ein Tier brach durch niedriges Gebüsch, sie konnten es beide hören, sahen es aber nicht. Es gab Wild, überall standen Hochsitze, im Morgengrauen wurde es in dieser abgelegenen Gegend lebendig. Harriett musste lachen, sie war in letzter Zeit schreckhaft, so als stünde etwas bevor, das sie ahnen konnte.

John war schon bei seinem nächsten Gedanken. Er redete eine Weile mit zurückgelegtem Kopf, dann suchten seine treuen Augen ihren Blick. Er nahm ihr ein Versprechen ab. Harriets Blicke wanderten über sein vertrautes Gesicht, in dem noch etwas Jugendliches lebte, das auch sie besaß. Es war einer dieser Momente, für die Harriett lebte, so nahe kamen sie sich manchmal, untrennbar. Sie versprach es ihm, sie würde sein Werk fortsetzen, wenn ihm je etwas geschah. Sie küssten sich mit gespitzten Lippen.

Als sie weitergingen, kam ein Hügel in Sicht, dessen rotbraune Erde wie ein Wall wirkte. Die Natur war rundum ihre neue, ländliche Heimat auf kleinstem Raum abwechslungsreich. Rechts und links des Hohlweges, durch den sie jetzt gingen, standen Dornenhecken, für jeden Feind undurchdringlich. Als die Felder sich wieder öffneten, blieb John zurück und rief, dass er schnell einmal verschwinden müsse. Sie solle nur weitergehen.

Harriett schlenderte weiter. Zur Rechten sah sie die kahlen Äste einer Buche, deren Stamm sich im Würgegriff einer parasitären Pflanze befand. Als ihr Blick an den verkrüppelten Ästen emporwanderte, nahm sie wahr, dass sich der Himmel mit schweren Wolken schloss. Vielleicht würde es regnen.

Sie drehte sich um in Richtung des Waldstücks, zwischen dessen Büschen John verschwunden war. Er ließ sich Zeit. Harriett blieb stehen, um auf ihn zu warten. Sie wollte nicht allein sein.

Nach einer Weile überlegte sie, ob ihm etwas passiert war. Schließlich war John nicht mehr der Gesündeste. Einen Herzinfarkt hatte er schon hinter sich. Sie zögerte. Sie wollte nicht aufdringlich sein.

Die Minuten verstrichen. Harriett blickte zurück, wo nur das hohe Buschwerk sich beständig bewegte, dann ließ sie ihre Blicke schweifen, sie blieben an dem Baum hängen, dessen kahle Äste in den dunkler werdenden Himmel ragten. Die Regenfront kam näher, sie hatten den Schirm vergessen. Harriett entschloss sich, das Stück Weg zu John zurückzugehen. Aber stattdessen beobachtete sie den Ort, an dem er sich aufhalten musste. Kein Laut drang herüber. Der immer stärker werdende Wind fuhr durch die Äste des Buschwerks. Dahinter schloss sich dunkler Wald an.

Harriett konnte sich nicht rühren. In keine Richtung. Die Kronen der Bäume und Büsche übernahmen für sie die Bewegung. Im Rauschen des Windes stand Harriett wie angewurzelt. Die Natur umschloss sie. Erst nach einer Weile gelang es ihr, einen Gedanken zu fassen. Sie warf noch einen Blick zurück. Ihre Augen suchten die Landschaft ab. Sie empfand alles gleich weit entfernt.

Harriett spürte ein Gefühl der Trauer über all diese Verluste in ihrem Leben. Dinge und Menschen. Wenig war ihr gelungen. Fast nichts geblieben. Dann ging sie weiter.

Erzähler

Es geht also ums Verschwinden, wie gesagt. Es verschwindet so viel im Leben. Manches kehrt nie mehr zurück.

Aber immer wenn es hier auf dem Land Herbst wird,

atme ich auf. Vorbei ist die quälende Zeit heißer Sommer in der Stadt, in denen man den Atem anhält, weil jede Absicht sinnlos erscheint und jeder Plan zum Scheitern verurteilt.

Jetzt hingegen bleibt jeder Tag und bringt Veränderungen. Die Türen gehen wieder auf, Winde wehen, alles Draußen wird bunt. Die Katze nimmt Anlauf und springt aus dem Fenster, rennt den Hügel hoch, als erwarte sie dort weitere Nachrichten.

Und sie weiß natürlich, was los ist. Die Landschaften in unserer Region öffnen sich nämlich, der Himmel ist weit und tief, da lässt sich hineinspringen, um einen Star oder Kranich herunterzuholen. Aber tausend Vögel schließen sich in ihren lang vorher ausgetüftelten Formationen zusammen und werden ungreifbar. Dann fliegen sie fort, das stört allerdings mein Glücksgefühl in den Herbstzeiten. Es gleicht einer Flucht aus Unkenntnis, denn hier bei uns wird es jetzt schön.

Die Blätter fallen im Tanz, rote Äpfel an den Bäumen, die Luft frisch wie am ersten Tag. Überall in den Wäldern regen sich die Zeichen des üppigsten Lebens. Geheimnisvolle Pilze wachsen plötzlich genau hier und nicht irgendwo. Spuren von Tieren im verlockenden Moos. Alles verabredet sich, und überall leuchtet es im Unterholz. Es ist etwas Überwältigendes da, etwas Wunderbares. Etwas Flüsterndes und sich Regendes. Viel wird erzählt in diesen Herbstzeiten. Man bereitet sich vor.

Es ist natürlich zu allen Jahreszeiten schön, das sehe ich jetzt ganz klar, seit wir auf dem Land leben. Man lernt ja so viel – neue Sichtweisen, eine neue Sprache im Umgang mit den Einwohnern. Selbst dass der Jasmin im Frühsommer so unverschämt blüht und alle Aufmerksamkeit für sich beansprucht, habe ich inzwischen akzeptiert.

Aber nur in den Herbstzeiten sehe ich, wie alles freiwillig seinen Platz einnimmt. Und auch die Katze kehrt am Abend zurück.

Erika Jaeckel

Er war auf dem Sprung. Kleine, hellgrüne Kapseln auf haardünnen Zweigen, auch im Wind unbewegt. Der breit gefächerte Busch hielt sich am Boden, sammelte seine Kräfte in einer dunklen, geheimnisvollen Mitte und blieb unbeeindruckt vom Geschehen im Garten. Er hatte seine eigene Zeit in einem eigenen Leben. Dennoch war spürbar, dass er etwas vorbereitete. Es würde solange unsichtbar bleiben, bis der Ausbruch unmittelbar bevorstand. Dann konnte man über die Ausmaße fassungslos sein.

Eines Tages war es soweit.

Wenn ich mich traute, seine Nähe zu suchen, umkreiste ich ihn respektvoll. Ich bemerkte, wie er ausfranste, wie er gewisse Zweige mit Blättern, Herzen gleich, wachsen ließ und hinausstreckte – man konnte zusehen. Andere drehten sich nach Innen gewendet, das waren wohl die Wächter. Ich starrte hinein. Ich wagte nicht, ihn zu berühren, etwa die

Zweige mit einem langen Holz zur Seite zu drücken, um in der tiefen Höhle unter dem grünen Dach sein Geheimnis zu entdecken.

Es war der Morgen des vierten Tages, an dem mein Mann verschwunden war. Er hatte uns ohne einen Abschiedsgruß verlassen. Wenn Menschen von einem Moment zum anderen verschwinden, bleibt für unbestimmte Zeit etwas wie eine farblose Leerstelle zurück, die sich nur zögernd auffüllt. Ich will es den lebenden Abdruck nennen. Das bemerkt nicht jeder, aber doch die Empfindsamen, die Schuldbewussten. Dort, wo die Verschwundenen bis vor kurzem noch saßen, bleibt ihr Schatten, dort, wo sie standen, werden die Dinge dahinter undeutlicher, dort, wo sie gingen, zwingen sie das Gras, sich widerwillig zu bewegen.

Ich bin mir sicher, der mächtige Jasminbusch wusste von diesen Dingen, seitdem ich verfügt hatte, dass mein Mann, wenn es soweit war, in seiner dunklen Mitte sein Grab finden sollte. Deshalb beobachtete ich ihn, versuchte, seine Antwort zu verstehen. Der Busch brütete seit den ersten warmen Tagen etwas aus. Wenn besorgte Nachbarn auf den Hof kamen, lief ich ihnen entgegen, geschäftig wie eine Lerche, deren Flügelschlag und Gesang von ihrer Brutstätte ablenken soll. Ich beantwortete die Fragen nach dem Verschwinden meines Mannes ausweichend, eine kleine Reise, Verwandtenbesuch, die Familie. Von Tag zu Tag misstrauischer blickte man mich an. Dann in Richtung des Gartens. Man beugte sich vor, reckte den Hals. Die Nachbarn wussten von meiner Liebe zum Jasmin, witterten sein Geheimnis, das war mir klar. Aber so sind die Leute auf dem Land eben, sie verfolgen jedes Gerücht, kaum setzt einer eins in die Welt, schwärmen sie aus, um es mit ihrer Anwesenheit zu bestätigen. Was der Jasmin wirklich verbirgt, das werden sie nie erfahren. Dafür sorge ich.

Die Nachbarn ließen nicht locker. Hatten sie sich hinter meinem Rücken verabredet? Ich merkte selbst, wie unwillig ich wurde. Wenn das ausbricht, ist besser niemand in meiner Nähe. Sie taten, als wüssten sie davon nichts.

Wenn das Postauto nicht genau in diesem Moment gekommen wäre, hätte ich vielleicht sogar ein Geständnis abgelegt. Sie bedrängten mich allzu sehr. Aber der Kleintransporter fuhr wie jeden Tag schwungvoll in den Hof, die junge, platinblonde Botin stürzte aus dem Führerhaus, winkte mir strahlend zu und warf ihr Postgut in den bereitgestellten Korb am Fuße der Treppe. Diesmal war es nur ein Brief. Natürlich. So war es. Ich hatte es geahnt.

Ich trug den Brief in den Garten, wendete ihn hin und her, versuchte, den Poststempel auf der Briefmarke zu entziffern. Ich kannte den Absenderort nicht, es war keine Stadt in der Nähe.

Ich hielt den Brief so in Richtung des Jasminbusches, dass er ihn lesen konnte. Der Busch bewegte sich, erst zögernd, dann heftig. Ich legte den Brief auf den Tisch und beschwerte ihn mit dem Brieföffner. Am Himmel näherten sich Gewitterwolken. Wind war längst aufgekommen, vereinzelte Böen hinterließen schon tiefe Spuren im Grün. Jetzt geriet der ganze Garten in Bewegung.

Nur der Jasmin beruhigte sich wieder. Er schien sich gegen den Boden zu pressen und dafür seine ganze Kraft zu brauchen. Hörte ich nicht sein Stöhnen? Dann, in einer einzigen Anstrengung, während plötzliches Sonnenlicht durch die Wolken brach und sich mit einer Hitzewelle über ihn stülpte, platzten die Kelche auf. Die weißen, wunderbaren Wesen entfalteten sich zugleich in einer überwältigenden Geste. Auf jedem Zweig Dutzende von blütenweißen Schirmchen, auf jedem Ast Hunderte von Zweigen. Es war wie ein duftendes Dach, das aufsprang und sich im Licht reckte. Mein Dünger hatte gewirkt! Niemals würde ich das Geheimnis seiner Zusammensetzung den anderen verraten!

Und sofort erfasste mich die Brandung des Geruches, eine Woge, die sich mit dem Duft verband, der auch dem Brief entströmte. Dem leichten, wie durchsichtigen Duft des Parfüms, das mein Mann, dem ich es zum Hochzeitstag geschenkt hatte, nach anfänglichem Unbehagen, weil es ein unschuldiger Mädchenduft ist, nun leidenschaftlich benutzte. Jasmin.

Ich wagte es und riss den Umschlag auf. Auf blütenweißem Papier nur ein handgeschriebener Satz.

Halte aus und sei mir nicht böse, ich brauche eine kleine Auszeit.

Ich schloss die Augen und roch ihn, wusste, er war nicht weit. Er war nicht für immer fort. Eine kleine Auszeit.

W i r brauchten nur auf ihn zu warten.

———

Bobo

Als Klauspeter, den jeder „Bobo" nannte, an diesem Morgen, wie gewohnt mit kräftigen Schritten auf stämmigen Beinen, zu seinem Terrassengarten emporlief, musste er plötzlich wie vom Blitz getroffen stehen bleiben. Etwas hatte ihn eingeholt, und er konnte einfach nicht mehr weiter. Er sah um sich. Was war los? Er konnte nichts Außergewöhnliches entdecken. Also musste sich das Hindernis wohl in seinem eigenen Inneren aufgebaut haben.

Im Rosenbogen, direkt über sich, konnte er auch nichts entdecken. Die weiße Rose *Rambling Jane* duftete wie gewohnt, sie war in der Nacht um ein paar Millimeter weiter gewachsen, wie es vorgesehen war. Bobo wollte weitergehen. Aber das war offensichtlich gegen die augenblicklichen Regeln, er konnte nicht. Etwas nagelte ihn fest.

Klauspeter blickte über die Schulter zurück zum Wohnhaus. Sollte er zurückgehen? Heiß stieg der Impuls in ihm auf, um Hilfe zu rufen. Aber er unterließ das, es wäre zu peinlich gewesen. Die anderen, die ihn ohnehin dauernd beobachteten, auch jetzt wieder hinter den Gardinen, hätten ihren Vorteil davon gehabt. Klauspeter versuchte, sich zu beruhigen. „Eine neue Liebe ist wie ein neues Le-e-ben!", sang etwas in ihm, er hatte den Schlager am Morgen im Radio gehört. Aber das Lied entspannte ihn nicht. Sein Ärger wuchs, und er blickte nach vorn, genauer gesagt, nach oben vorn, denn noch lagen zwanzig Meter

Aufstieg bis zu seinen Gemüsebeeten im oberen Garten vor ihm. Dorthin wollte er mit aller Macht. Dorthin, wo jetzt ein roter Milan im Gleitflug den Ausschnitt des strahlenden Morgenhimmels durchmaß.

Seit seiner Kindheit gab es dieses Problem. Er hatte die Vorstellung, er müsse durch sein Leben hindurcheilen, wie durch einen Tunnel, und am Ende, endlich, würde sich das Helle zeigen. Der Ausgang. Die Erkenntnis. Dann war er durch. Tag für Tag hatte er seine Liste abgearbeitet. Wieder stand ein Geburtstag vor der Tür. Morgen würde er sechzig werden, alles wartete darauf.

Und als er nun entschlossen zum Terrassengarten hinaufstürmte ...

Bobo ruckte und zuckelte an seinen Kleidern. Ihm war unbehaglich. Er wollte einen Fuß vor den anderen setzen, wie er es gewohnt war. Aber seine Beine waren wohl zu kurz. Er blickte zu Boden. Begannen nicht schon Wurzeln damit, seine Füße ins Erdreich zu ziehen?

Vielleicht hatte es mit diesen Geräuschen zu tun, ein Stampfen wie von aufbegehrenden Häftlingen, ein Röhren wie das Durchbrechen von Mauern, von einer sich bedrohlich vor seinem Fenster im Hof bewegenden Maschine verursacht, die das Kopfsteinpflaster nach einer Reparatur der Wasserrohre bearbeitete. Davor war er geflohen.

Bobo besann sich. Er beschloss, einen Schritt zurückzutreten. Das funktionierte. Er trat einen zweiten

Schritt zurück. Er konnte sich wieder bewegen! Unbeschreiblich das Glücksgefühl, das ihn durchflutete! Dann machte er wieder zwei Schritte nach vorn – und lief gegen die unsichtbare Mauer.

Langsam, Bobo!, sagte eine Stimme in seinem Inneren. Langsam! Morgen wirst du sechzig!

Na und!, antwortete Bobo stumm und verbissen.

Also gut, sagte die Stimme, wenn du so weitermachen willst, dann nur zu!

Verstehe ich nicht!

Warum rast du durch dein Leben, Bobo! Siehst du nicht, jeder verlorene Tag spielt nur dem Tod in die Hände, der schon am Ende der Zielgeraden wartet!

Ich will im Moment nur nach oben in meinen Garten, sagte Bobo laut, und dann will ich ...

Werde langsamer, eines Tages stehst du sowieso still, sagte der ungebetene Gesprächspartner in seinem Inneren.

Klauspeter, den jeder „Bobo" nannte, weil seine zu kurzen, aber stämmigen Beine ihn unaufhaltsam vorantrugen, drehte sich kurzerhand auf den Absätzen um. Jetzt hatte er sein Wohnhaus im Tal vor Augen. Rückwärts begann er, den Hügel hinaufzusteigen. Erst langsam, dann schneller. Es ging ohne Probleme.

Oben angekommen, wo seine Pflanzen auf Bearbeitung warteten, ließ er sich auf einen Gartenstuhl fallen. Nachdenklich blickte er über den Ausschnitt des Dorfes, den die Baumkronen frei ließen.

Der Tag war so schön!

Und der Rotmilan kreiste.

Ich werde sechzig, dachte Bobo. Aber mein Geburtstag ist erst morgen. Bis dahin ist noch so viel Zeit!

Erzähler

Wenn ich mein Leben aufschreiben müsste, würde ich nicht am Anfang beginnen. Sondern am Ende. Ich würde eine gnadenlose Bilanz ziehen. Denn ich bin der Meinung, für all die Verbrechen, die wir im Leben begehen, darf es keine Rechtfertigung geben. Wenn auch Einblicke. Vielleicht sogar Verständnis. Erklären kann man alles. Und wenn man vorn anfängt, wird alles irgendwie plausibel.

Für uns, die wir jetzt auf dem Land leben, sieht das anders aus.

Wir müssen für alles, was wir anrichten, bezahlen.

Stück für Stück.

Da gibt es kein Entkommen.

Uns verzeiht man nichts.

Aber was mich ganz persönlich betrifft – ich suche natürlich jeden Tag nach Ausreden. Ich will mich nicht geschlagen geben von den biografischen Tatsachen. Ich will immer wieder unschuldig sein und durchstarten.

Wir fangen noch einmal an. Wir geben nicht auf.

Diese beiden Sätze habe ich neulich bei Lars Gustafsson gelesen.

Es gibt viele denkbare Anfänge für das eigene Leben – und natürlich viele Schlüsse.

Der eigentliche Tag, an dem ich mein gewöhnliches Leben liegen ließ und mir ein zweites, neues suchte, begann in einem Krankenhaus. Es war gleich, nachdem ich aus der Stadt hierhergezogen bin. Ein denkbar schlechter Anfang. So etwas kann man nicht planen. Ich lag auf einer Intensivstation, weil irgendetwas mir die Luft abschnürte – und das in einer Region, die wegen ihres Heilklimas bekannt ist! Und ich hörte plötzlich ein großes Ein- und Ausatmen.

Ich begriff sofort, es war nur die künstliche Lunge, die meiner eigenen Atmung diente. Aber unter dem Eindruck des Ortes schien es mein Leben selbst zu sein, nur unterbrochen von Röcheln, Husten und Verschieben von Gerätschaften und Schaltpulten auf der nächtlichen Station. In einem Moment der Klarheit spürte ich, dass hier der Tod mit höchstem Einsatz um Leiber spielte, und mich überfiel Erleichterung darüber, dass sein einziger, ernstzunehmender Rivale noch zu hören war. Er atmete.

Aber es ist quälend, von solchen Realitäten abhängig zu sein. Ich wollte mich dem nicht mehr ausliefern.

Also einen neuen Anfang suchen.

Ein Anfang wäre es immerhin, seinen eigenen Alltag mit mehr Ironie zu leben. Mit einer solchen Sicht der Dinge befindet man sich immer schon halb auf dem Weg nach Draußen. Ironie ist nicht der große Befreiungsschlag, aber zusammen mit literarischen Absichten, Phantasie und dichterischen Abschweifungen lässt sie die Tatsachen des Alltags im bunteren Licht erscheinen.

Es könnte etwa so gehen:

Wenn ich morgens aufstehe, bin ich schon mittendrin. Die Sonne ist mehr als ein gelber Fleck, sie ist Licht. Ich werfe meinen Schatten.

Ich überblicke meine Dinge, ich ordne sie, ich mache sie mir gefügig. Jeder Blick, den ich auf meine Verhältnisse werfe, beruhigt mich. Ich nehme teil. Ich bin anwesend.

Den Tag nehme ich in meine Hände wie einen Hut und setze ihn auf. Noch bevor die Vormittagsschatten im steil herabfallenden, heißen Licht verdunstet sind, gehe ich hinaus. Draußen höre ich die unsichtbaren Grenzen unter meinem Schritt fallen. Ich schreite aus, unter mir schrumpfen die Distanzen zusammen, ich vermesse die Räume, ziehe sie hinter mir her, wie eine Schleppe, eine durchaus tragbare Last. Wäre nicht ich, wer sollte den Dingen ihr Maß geben?

Gestern noch hatte ich Zweifel an allen diesen Wahrheiten und Bildern. Hielt das Pflaster, was es versprach? Hieß mein Briefträger tatsächlich Müller und kam aus Schrecksbach?

Ich kämpfe. Ist der Mittag erreicht, bin ich sicher, dass alles an seinem Platz ist. So weit, so gut ...

Die Fakten des Alltags lösen sich auf in Bildern. Sehr schön. Aber seltsamerweise holen den Erzähler immer wieder die Grundstimmungen ein, die ihn geprägt haben. Durchgehende Heiterkeit ist nicht seine Sache. Fiktion ja, aber kein leichtes Abrutschen in heitere Gelassenheit ... Das können wir von diesem Erzähler nicht erwarten ...

Denn jeder Tag ist ein Gang über sichere Grenzen hinaus.

Ich habe mein sicheres Heim in der Metropole verlassen. Ich begebe mich in die Gefahr, in die falsche Richtung gewiesen zu werden. Ich setze mich aus, von anderen wahrgenommen zu werden, ihr Blick kann meine Welt auflösen. Ich richte Worte an jemanden, der weitergeht. Ich nenne meinen Namen und beobachte das verräterische Mienenspiel im Gesicht des Gegenübers. Ich mache mir klar, dass ich nicht aus mir selbst heraus bin und dass mein Schöpfer unsichtbar bleibt. Ich stelle mich auf die belebtesten Plätze und gebe meine Meinungen preis. Im Angesicht der Schönheit und der Hässlichkeit weiche ich nicht.

Je später es am Nachmittag wird, desto mehr trete ich aus mir heraus. Ich entschließe mich.

Wenn ich nachhause zurückkehre, bin ich außer mir.

Ich frage mich, ob es nicht umsonst gewesen war. Diese Überquerungen. Diese Gefahren. Dieser aberwitzige Mut, immer wieder meine Sachen zu ordnen und aufzubrechen. Ich spüre, dass ich allmählich den Text meiner Gebrauchsanleitungen vergesse. Ich verliere meine Überzeugungen, meine schützende Kleidung. Ich stehe bloß da, ich schließe die Augen.

Abends angekommen, sage ich *Nein*. Ich sage Nein zur Nacht. Wenn es um mich herum dunkel wird, kehrt sich alles ins Gegenteil.

Ich bin ehrlich und finde, mein Menschsein hat sich

wieder einmal nicht erfüllt. Ich war abhängig von Anweisungen gewesen, ich bin anderen begegnet, deren Wege mich durchschnitten haben. Ich habe die Regeln Fremder erfüllt. Man hat mich auf Trab gehalten, ohne mir zu sagen, warum.

Ich habe es nicht geschafft, es war zu wenig.

Aber ich gebe nicht auf. Am Abend meines Tages, warte ich auf den nächsten Morgen.

So oder ähnlich kann es klingen, mit seinen Tatsachen umzugehen. Natürlich steckt immer noch viel Schwere des Alltags im Skelett dieses Helden.

Aber es ist bei allem spielerischen Umgang mit den seltsamen Fakten eines Lebens eben so, dass in jedem Tag, egal, in welcher Welt man ihn erlebt, eine Herausforderung steckt. Und bei jeder Begegnung mit fremden Menschen, mit Erdmuthe, Bobo, mit Herrn Schnell, mit allen, die man bisher nicht kannte, beginnt etwas Neues.

Das muss man allerdings erstmal meistern können. Denn wir leben in einer recht sprachlosen Welt, und der Erzähler muss sie mit Sprache bewältigen.

Auf dem Land, wo ausdrücklich nur die Kleider der Trachten mit ihren Farben, Bändern, Schnallen und Schuhen sprechen, ist die Herausforderung, sich mit Worten verständlich zu machen, besonders groß.

Hier auf dem Land, hat Sprache einen ganz anderen Wert. Sie bezeichnet, wie ein Stempel, die Anwesenheit der Dinge. Aber die Dinge sind wichtiger als die Sprache. Sie beherrschen alles. Sie marschieren vor dir auf und lassen dich verstummen.

———

Das Dorf, dieser ganze vollgestopfte Kosmos, tritt einem in seiner ganzen Vielfalt – mit allen Familien, mit allen Tieren, mit allen Lebensentwürfen – herausfordernd gegenüber. Man steht morgens auf und ist sofort verwickelt. Die Frage ist, welche Emotionen man aufbringt, um damit umzugehen, und wie viel kreative Phantasie zu investieren man bereit ist.

Man muss davon erzählen. Dann wird – im glücklichen Fall – dem Erzähler das Leben zum Material eines unterhaltsamen Textes. Selbst wenn es den ganzen Einsatz erfordert, überwältigt es ihn nicht. Etwas geschieht, zieht ihn mit – und dann stellt er es sofort zur Rede. Das hat mit Altersweisheit nichts zu tun. Eher mit Unvernunft.

Der geschickte Erzähler kann nach Belieben die Seiten wechseln.

Da kann jeder alltägliche Tag um acht Uhr morgens anfangen – der Erzähler legt den Kopf schief, betrachtet sich den Schlamassel und noch während er auf dem Boden der Tatsachen strampelt, denkt er schon über die wirksamste Formulierung und eine gute Pointe nach.

Der Erzähler geht also noch einen Schritt weiter.

Er schildert seinen Alltag, aber zur Ironie kommt jetzt auch noch die Situationskomik. Das kann richtig heiter werden. Auch das mag kein großer Entwurf sein, aber es vergrößert noch einmal den Abstand zum autobiografischen Ernst der Lage.

Er dankt gewissermaßen dem Schlamassel!

Und so hört sich das an ...

Draußen herrscht Kleinkrieg. Verschiedene Tiere fallen übereinander her, große und kleine. Hunde stehen da und schäumen vor Wut. Pferde keilen aus. Ein Traktor donnert dicht an mir vorbei. Die Tiere grüßen nicht, obwohl eine lange Nacht hinter uns allen liegt. Sie keifen nur böse. Ich stelle ihnen Futternäpfe hin. Sie verachten mich.

Zurück im Haus läuft der Kühlschrank aus, das Eisfach hat offensichtlich in diesem Moment beschlossen, abzutauen. Pfützen überall. Ich wische. Weil meine Bewegungen vielleicht zu barsch sind, zu wenig verständnisvoll, stoße ich an aufgehängte und aufgestellte Geräte. Töpfe, Kellen, Schöpfutensilien fallen von den Wänden, die Herrschaften tun beleidigt. Ich wische in Halbkreisen, spüle den schmutzigen Putzlappen unter dem Wasserhahn aus, springe eine Weile hin und her, dabei geraten irgendwelche missgünstigen Flusen in den Abfluss. Er verstopft. Das Wasser steigt. Ich krame den Pümpel mit dem Gummikopf aus dem Stauraum unter der Spüle. Und pumpe. Das Wasser gurgelt, fließt aber nicht ab. Der Pegel steigt.

Unter dem Kühlschrank sammelt sich immer mehr Abwasser.

Die Katze kräht wie ein Raubvogel. Will ich sie ansprechen, verbeißt sie sich in ihr Fell. Sie hat Flöhe. Sie verhungert schier vor meinen Augen. Ich sage: „Katze, hier, ich rette dich." Aber sie frisst nicht.

Draußen Kampfgeräusche.

Jetzt erscheint meine Frau auf der Bildfläche.

Sie nimmt die Herausforderungen, vor denen ich stehe, anders an.

Sie lacht erstmal. Sie sagt: „Mausi, was tust du!"

Ich blicke sie von unten her an. Ich liege ja schon zwischen Kühlschrank und Küchenvitrine, stütze mich knapp über der Wasserlache ab, mein Kopf duckt sich zwischen die Stauräume. Unter die Vitrine schiebt sich die bedeutende Lache aus dem Kühlfach in Richtung Restküche. Ich sage: „Mausi, ich putze, wie jeden Morgen."

Sie sagt: „Nimm doch den Wisch-und-Weck, da tust du dir leichter!"

Dann geht sie ins Bad.

Ich höre aus dem Bad Kampfgeräusche. Etwas fließt, etwas kracht zusammen, jemand lacht. Das ist aber nicht die Stimme meiner Frau. Ich lausche. In diesem Moment fließt das aufgestaute Abwasser im Spülbecken über die Ufer aus weißem Porzellan.

Die aggressiven Wellen wachsen, weil jetzt Spülbürsten ins Wasser klatschen, die Dose mit dem Spülmittel rutscht von der Ablage ins Becken, Schaumhügel entstehen sofort und türmen sich auf der Oberfläche des Wasserspiegels auf wie mahnende Gletscher kurz vor dem Abschmelzen. Bevor sie abgleiten können und auf dem Küchenboden landen, der aus empfindlichen hellen Holzdielen besteht, greife ich nach zwei blitzsauberen Töpfen von Fissler und schöpfe ab. Ich schöpfe ab und entleere die Töpfe im benachbarten Abfluss des gleichen

Spülbeckens. Hier läuft noch alles wie vorgesehen. Ich schöpfe und schöpfe.

Die Lache aus dem Kühlschrank erreicht das *demi-lune* aus glasiertem Nussholz in der Küchenecke, auf dem die Schaustücke des Meißner Porzellans stehen.

Irgendwo im Haus fällt mit einer dumpfen Explosion eine schwere Tür in ihre Fassung.

Gleichzeitig das verächtliche Krähen dieses Tieres, das wir ja seit Jahren als eine Art Katze halten.

Draußen vor dem Fenster zum Garten rast eine Gruppe Tiere in Richtung Gemüsebeete davon.

Wieder dieses Lachen aus dem Bad. Aber es klingt wie ein Abschluss. Dann verstummt es.

Und der Kühlschrank läuft jetzt nicht mehr aus.

Die heruntergefallenen Küchengeräte kehren zufrieden an ihren angestammten Platz zurück. Die Schaumhügel im Spülbecken fallen in sich zusammen.

In allen Gerätschaften macht sich die Einsicht breit, dass die Vorstellung für heute Morgen ausreichend war. Sie wird beendet.

Die Katze stolziert an ihren Fressplatz und beugt sich interessiert über ihre Futternäpfe.

Meine Frau tritt aus dem Bad, und sagt todernst: „Und das Frühstück?"

„Kommt!", sage ich. „Morgens gibt es solche Herausforderungen, weißt du, die muss man annehmen."

„Kenne ich", sagt sie.

Und dann duftet es auch schon nach Kaffee.

Herr Schnellgell

„Hallo, wie geht's? Alles noch ganz?"

Ich drehe mich gegen den böigen Wind, hinter mir wird jemand in gelber Montur vorbeigeweht.

„Ah!", sage ich, „Herr Schnell, gell?"

„Ja", erwidert er, „Schnellgell! Bei Ihnen noch alles ganz?"

Er hat neben seinem Overall noch ein gelbes Gesicht in der Form eines Herzens, gelbe Haare, gelbe Augen und er ist beweglich wie ein Eichhörnchen, obwohl nicht mehr der Jüngste. Und er hat mehrere Herzoperationen hinter sich.

„Seitdem Sie bei uns die Rohre repariert haben, hält alles", sage ich und gebe ihm die Hand.

Sein Händedruck ist schlaff. Er steckt alle Energie in seine Klempnerarbeit. Da ist er schnell und zupackend.

„Aber keine Sorge", sagt er, „es geht immer mal wieder was kaputt!"

„Tröstlich!", sage ich.

„Und dann bin ich zur Stelle! Immer schnell vor Ort!"

„Kein Zaudern, kein Zögern", ergänze ich.

„Da haben Sie recht", stimmt er zu und haut mir kollegial auf die Schulter.

„Aber irgendwann ist das letzte Rohr repariert", sage ich.

„Das hat Zeit", sagt er.

„Machen Sie langsam, Herr Schnell", sage ich. „Sonst …"

Er schiebt seinen Einkaufswagen weiter.

„Warten wir's ab", sagt Herr Schnell und hebt grüßend die Hand.

„Bis bald, Herr Schnell, gell!", sage ich und blicke ihm hinterher, wie er flink und zuversichtlich in Richtung Baumarkt geweht wird. Und schon ist er verschwunden.

Der Wind fegt über den fast leeren Großparkplatz am Ortseingang und drückt gegen die Eingangstüren. Aus irgendeinem Grund brauche ich lange, um meinen Einkauf im Auto zu verstauen.

Karin und Erich Ruhl

Der Wind kam und ging und ließ sich nicht aufhalten. Im tiefsten Inneren der Büsche und Sträucher vor den Fenstern erschienen Tiere, die Erich noch niemals gesehen hatte, offenbar wohnten sie dort schon das ganze Jahr. Dahinter öffneten sich andere Gewächse, schmutzig braun und kraftlos grün, mit seltsam zuckenden Bewegungen. Alles, was unterwegs war, ging durch den Garten hindurch, noch in der Ferne konnte er die Schneisen sehen, die gerade geschlagen wurden. Die Anhöhe hinauf, die er noch gestern mit Karin gegangen war, in das Gewirr der Obstbäume, die auf dem Grat standen und ihre kahlen Äste in einen flachen, hellgrauen Novemberhimmel reckten, der das Tal wie eine Glocke bedeckte.

Er hatte sich vorgenommen, es zu vermeiden, aber nach dem gestrigen Tag machte er Karin für alles verantwortlich. Sie hatte es gewollt, sie hatte zugelassen, dass sie jetzt in der Falle saßen.

Er hörte sie im Nebenzimmer rumoren. Sie kochte für die Gäste, die am Abend kamen. Jeden Abend. Auch er schätzte es, wenn das weitläufige Haus von Stimmen erfüllt war, wenn Lichter brannten, wenn das Holzfeuer im Kamin Wärme verschenkte. Aber bei Karin war es anders. Sie wollte vermeiden, mit ihm allein zu sein. Sie hatte Angst davor. Er wusste ganz genau, dass sie ihm mit Misstrauen begegnete. Seit sie die Stadt verlassen hatten, um hierherzuziehen, ein ländlicher Raum ohne Schönheiten, industriell genutzte Äcker und Felder, aufgeräumte Fläche bis zum Horizont, steigerte sich ihre Abneigung mit jedem Tag wie ein Pegel. Wenn niemand mehr kam, was dann?

Er lauschte. Töpfe und Pfannen klapperten. Karin hantierte mit Geschirr. Noch war genug Zeit, sich vorzubereiten, auch für ihn, er blickte wieder durch sein Fenster und stellte fest, wie sehr sich draußen alles verändert hatte. Das hörte nicht mehr auf. Und in ihm stiegen die Vorahnungen.

Er schlich zur Tür und öffnete sie einen Spalt. Er erblickte die Vitrine mit dem Porzellan, das nur sonntags benutzt werden durfte. Karin hatte es gesammelt, sie warf liebevolle Blicke darauf, wenn sie durch das Zimmer ging. Er hörte, wie sie weiter hinten in der Wohnung Schranktüren öffnete und schloss. Oh ja, sie ließ im neuen Haus keine Tür offen, sie fürchtete den Wind, der auch im Haus seine Herrschaft errichten wollte, der feine Staubkörner mit sich brachte und Spinnen hereinschweben ließ.

Im Haus ruhten die Dinge. Draußen ging etwas durch die Landschaft. Schwarze Vögel torkelten über die Gartenkronen und fielen weit hinten ins Laub. Eine feine Rauchsäule stieg dort empor.

Er schloss die Tür wieder. Alles war an seinem Platz. Karin dirigierte es, jede Veränderung war ausgeschlossen.

Wer plant sein neues Leben schon so, dass nichts schiefgehen kann? Karin versuchte es.

Sie blickte aus den Fenstern ihrer Wohnung in Park und Felder, in der Wohnung stand jedes Möbelstück am gewünschten Fleck. Das geringste Verrücken der Tischdekoration löste bei ihr Emotionen aus. Die Möbel im Haus sprachen miteinander, jedenfalls sah es Karin so. Sie erklärte es ihm. Sie wollte das Gespräch der Dinge nicht unterbrechen, nichts durfte berührt werden. Allein sie war die Hüterin des Friedens, und wenn sie hindurchging, blieben die Räume wie gereinigt zurück.

Von nebenan hörte er plötzlich Geräusche, die nicht hierher passten. Karin hatte offenbar aufgehört zu kochen. Dafür waren Laute entstanden, die in ihrer Gegenwart unmöglich schienen. Waren Fenster geöffnet worden? Etwas musste durcheinandergeraten sein.

Er wartete noch eine Weile. Sollte er es wagen, nachzuschauen, ihre Ordnung stören, auf die Gefahr hin, sie erneut gegen ihn aufzubringen? Er nahm sich zusammen. Vielleicht ging es jetzt nur noch darum zu helfen!

Er ging hinaus. Die Katze saß erstarrt neben der Vitrine an der Wand und blickte ihn an. Ihre Augen waren gelber, als er sie in Erinnerung hatte. Aus der Küche hatten sich die Geräusche verstärkt, die nicht von Karin stammen konnten. Er schob beide Flügel der Tür auf.

Er wusste nicht, ob er sich jemals gewünscht hatte, was er jetzt sah. Aber es war unwiderruflich geschehen.

Julian Hahn

Er war jemand, der selbst zu den Blättern, die er mit dem Rechen von seinen Gartenwegen kehren musste, *du Arschloch* sagte. Zu viel war in den letzten Jahren in der Stadt passiert, bis er endlich aufs Land gezogen war.

Er machte es sich selbst nicht klar, er hielt sich für einen aufgeklärten Menschen, aber als er an diesem Morgen aufwachte und den brennenden Wunsch verspürte, einen ganz bestimmten *Anderen* umzubringen, und zwar noch am gleichen Vormittag, da wurde ihm klar, dass ihm sein Leben aus den Händen geglitten war. Und dass er diesen Zustand sofort ändern oder mit allen Konsequenzen zu Ende führen musste.

Aber konnte er einen Mord begehen?

Es war seine Entscheidung.

Seine Frau sah ihm an, dass er etwas ausbrütete, ohne zu wissen, worum es ging. Sie erkannte es nur an der Farbe seiner Lippen. Weil sie aber gelernt hatte, dass er nichts preisgab, war sie längst verstummt. Er konnte um sich schlagen, wenn er sich bedrängt fühlte. Sie hatte ihn deshalb bereits verlassen.

Nach kurzer Überlegung beschloss er zu handeln und setzte das unverzüglich in die Tat um. Auf dem Weg zur Bushaltestelle musste er durch das Dorf. Vor jedem zweiten Haus standen Bewohner und steckten bei seinem Auftauchen die Köpfe zusammen wie Schilfrohr, das vom Wind bewegt wird. Wenn er vorbei war, ließ der Wind nach. Er nickte ihnen zu, ohne sie zu sehen. Nur vor dem Garten des Ortsvorstehers musste er stehen bleiben. Der dicke Bundeswehrspieß stand an seinem freien Tag mit allen seinen Geräten da und blickte ihm entgegen, als hätte er ihn längst erwartet. In seinem geröteten Gesicht war kein Platz für etwas anderes als Selbstgewissheit. Er spießte ihn mit dem Zeigefinger auf.

„Ab morgen ist Zeltkirmes. Ich rechne mit dir."

„Da hinten, im Sechzehnmeterraum", erwiderte er, „steht ein Gänseblümchen auf dem Rasen. Was macht ein Gänseblümchen in deinem Garten?"

Während der Soldat herumfuhr, ging er weiter. Der Bus nahm ihn mit in die Kreisstadt. Er musste im abgrundtiefen See des Geschreis von Schulkindern baden, die ihn eintauchten. Bevor er ertrank, erreichten sie die Endhaltestelle. Als die Fahrzeugtüren sich zur Seite falteten, schwappten Wellen auf die Straße, er wurde mit hinausgespült. In der Kreisstadt neigten sich die Giebel der alten Fachwerkhäuser immer mehr zueinander. Irgendwann würden Menschen hier nichts mehr zu suchen haben. Nach fünf Minuten Fußweg erreichte er das Wohnhaus seines Opfers, er ging durch die offene Haustür hinein.

Nach seinem Klingeln an der Wohnungstür blieb alles ruhig. Er drückte erneut auf den Knopf. Nichts rührte sich. Er setzte sich auf die Treppenstufen und schlug die Hände vor das Gesicht.

Warum hatte es mit seiner Frau nicht geklappt? Lange Jahre war es gutgegangen. Sie hatten aneinandergehangen. Aber war es nicht ein Spiel vor Zuschauern gewesen, um den anderen etwas vorzuführen? Dann waren die Probleme gekommen. Dann die Ernüchterung. Sie zogen sich zurück. Machten sich vor, dort angekommen zu sein, wohin sie einst gewollt hatten. Ihre Gefühle flauten ab, aber war das nicht natürlich nach der langen Hitze? Sie saßen in ihren Zimmern wie Inhaftierte und hofften, vom anderen etwas zu hören. Erleichtert hielten sie sich für einen Moment in den Armen, wenn sie sich wieder aneinander erinnerten.

In der Wohnung rührte sich etwas. Er erhob sich von den Treppenstufen und legte das Ohr an die Eingangstür. Drinnen rumorte es. Warte, Freundchen, dachte er, du machst mir nichts vor. *Du blödes Arschloch*. Er schlug mit der Faust gegen die Tür. Stille. Vom darüberliegenden Stockwerk her ertönte ein Poltern. Er hatte sich wohl getäuscht.

Weggehen wollte er nicht. Eine getroffene Entscheidung korrigierte *er* nicht! Er setzte sich wieder.

Warum hatte es auch mit diesem hier nicht geklappt? Was war wirklich geschehen? Am Anfang war doch alles gut gewesen!

Er hatte mit dem Freund die ganze Jugend verbracht. Sie hatten erste Erfolge gemeinsam gehabt. Dass der andere ein Spießer war, hatte er immer gewusst, aber eines Tages hatte er sich ihm gegenüber auch so verhalten. Das war das Ende. In der Folgezeit gab es Kleinkriege. Wer trug wirklich die Schuld. Eines Tages begann der Freund damit, ihm die Frau abspenstig zu machen. Er versuchte es mit allen Mitteln. Ob es ihm tatsächlich gelungen war, wusste er nicht. Aber er war überzeugt davon. Wie konnte es sonst sein, dass sie sich vom ihm abgewendet hatte?

Das blöde Arschloch, dachte er und stand auf. Er hämmerte jetzt mit beiden Fäusten gegen die Tür. Als sie plötzlich aufging, erst einen Spalt und dann weit, erschien in ihrem Rahmen eine junge, kleingewachsene Frau und starrte ihn mit großen Augen an.

„Was wollen Sie von mir! Hören Sie auf damit!“

Er schluckte.

„Wohnt hier nicht …?“

„Mensch!“, schrie jemand über ihm, „du bist es! Komm doch rauf!“

Er blickte nach oben. Dort stand er.

„Aber ich dachte!“

„Wir haben die Wohnung getauscht. Sie haben noch ein drittes Kind bekommen, und ich brauche nicht so viel Platz. Ich bin ja allein. Ich habe gerade Kaffee gekocht, willst du?“

Betäubt blieb er stehen, blickte zwischen den Alternativen hin und her und spürte, wie etwas in ihm hochstieg.

„Hör mal, Freundchen!", sagte er dann laut. Er drehte sich zur Treppe um und betrat die erste Stufe. „Jetzt *pass mal auf*!"

Bobo und Helga

Wir sahen sie nicht. Aber wir hörten sie.

Zuerst waren ihre Schritte da. Natürlich dämpfte der Lehmboden die Geräusche, aber etwas schlug wie auf ein schwach gespanntes Trommelbecken. Obwohl die Entfernung zwischen Haustür und Garage gering war, für eine der vielen Katzen zehn schnelle, geräuschlose Sätze, schienen sich ihre Schritte zu verselbstständigen, wir hörten sie, auch wenn die Person längst wieder im Haus verschwunden war. Dann das Schleifen der Koffer. Dann die Autotüren. Dann die Anweisungen und das Lachen. Alles das wiederholte sich mehrmals. Wir saßen erstarrt da und blickten uns an. Ich beschloss, noch ein paar Minuten zu warten. Dann musste das alles vorbei sein. Und wenn nicht? Was würde ich dann tun?

Wir beherrschten uns. Es war eine Inszenierung. Natürlich wusste jeder der Beteiligten, dass wir hier waren, getarnt vom Jasminbusch, der zu blühen begann, und e r vor allem wusste es, denn wir saßen immer hier. Im Hof entfernten sich die Schritte gerade wieder in Richtung der Kuhställe. Wir atmeten auf. Dann kehrten die Geräusche um und näherten sich wieder. Vom Teich her ertönte nun auch noch das Plätschern, das die Wassermäuse verursachten. Ich blickte auf die Uhr. Schon erhob ich mich. Aber als die Haustür wie endgültig zuschlug, setzte ich mich wieder.

Wie lange ging das nun schon? Gewiss Tage. Wahrscheinlich Wochen. Vielleicht Monate. Immerhin nicht solange, wie wir das gemeinsame Grundstück besaßen, aber irgendwann hatte es angefangen. Ich hätte dieses Gespenst von einer Person erwürgen können, aber dafür musste ich in seine Nähe kommen. Und das war unmöglich.

Wieder die Schritte. Die Autotür. Die Koffer. Das Lachen. Der Umriss eines großen, fliegenden Raubvogels schob sich für einen Moment über den Jasmin im Sonnenlicht. Ich erhob mich. Aber meine Frau drückte mich wortlos auf den Sitz zurück. Der Jasmin duftete betörend. Unser Weiler ist im ganzen Land berühmt für seinen Jasmin. Er schickte sich an, Hunderte von weißen Kelchen zu entfalten, kleine Lampenschirme mit gelben Blütenstempeln darin, die unter der warmen Frühsommersonne aufsprangen und leuchteten. Unser Tisch am Teich war üppig gedeckt. Die Katze bekam ihren Teil. Wir hätten sorglos sein können. Aber ein solches Geschehen in unmittelbarer Nähe macht dich krank. Und du rechnest mit dem Schlimmsten.

Ich fühlte mich zuständig, ich musste endlich handeln. Aber eigentlich wäre es die Sache meiner Frau gewesen. Sie war verantwortlich dafür, dass ihr verlassener Liebhaber jetzt allein in seiner Wohnung saß, am Morgen und am Abend seine Fenster aufriss und das Tonband anstellte, damit es den gemeinsamen Hof beschallte, bis das braune Hornvieh im Stall des Nachbarn zu brüllen begann. Es war sein Protest gegen uns. Gegen unser schönes Leben. Gegen sein Alleinsein. Und ehrlich gesagt, wenn es nicht schlimmer wurde, konnte man ihm die Geräusche ihres Auszuges aus der gemeinsamen Wohnung vor einem Jahr nicht lassen? Es galt uns, gewiss. Aber hatten wir das bisschen Sühne nicht verdient, nach all den Jahren unserer Sünde?

Dieser Ansicht war auch der Pfarrer am letzten Sonntag gewesen. Sicher bereitet er schon seine nächste Strafpredigt gegen uns vor, die Kirchenzucht lebt hier auf dem flachen Land noch. Jetzt beginnen die Kirchenglocken zu läuten. Es geht also auf die Mittagszeit zu. Zeit für uns, den Frühstückstisch abzuräumen und im Wohnzimmer in Erinnerungen zu schwelgen, mit den Fotos, den Souvenirs der gemeinsamen Reisen. Zeit für ihn, die Fenster zu schließen und das Tonband abzustellen. Aber wenn seine Betreuer von der Station in der nahen Kreisstadt, deren Dienstwagen sich jetzt gewiss schon unserem Hof nähert, wieder gegangen sein werden, was dann?

Irgendwann ist niemand mehr bereit, miteinander auszukommen. Dann gelten die Regeln plötzlich nicht mehr. Manchmal genügt ein einziger, blinder Augenblick. Das ist der dunkle Punkt, der mir in unserem schönen Leben Sorgen bereitet.

Er war das, was man früher einen Existenzialisten genannt hätte. Jemand, der das Leben ungeheuer schön und kostbar findet, ein Geschenk, das dem Menschen aber aus der Hand geschlagen wird. Denn das Leben ist nur ein Aufschub. Das Leben, sagte er, ist eine einzige große Geste, mit der der Tod zurückgehalten wird.

Sie hörten dem Redner zu, der Mann aus der Kreisstadt besaß eine kraftvolle Stimme, das Dorfgemeinschaftshaus war vorzeitig geheizt und bis auf den letzten Platz gefüllt, oft wurde gehustet. Nach dem Ende des Vortrags, als sie sich von Einheimischen verabschiedeten, die sie kannten, war sie missgestimmt. Das ist viel zu traurig, sagte sie, diese Dramatik. Warum kann man das Leben nicht leicht nehmen. Warum reicht es nicht, zu spüren, dass es vorhanden ist.

Gerade das wollte er doch ausdrücken, erwiderte er.

Das Leben ist nur eine Art Radtour durch die Landschaft, bei schönem Wetter, sagte sie.

Sie standen bei ihren angeschlossenen Fahrrädern, das Wetter hatte sich verschlechtert, als es trübe wurde, schwangen sie sich in den Sattel.

Eine Einheimische war dazugekommen. „Ihr müsst euch beeilen", sagte sie, „vom Heidelstein her zieht eine Regenfront auf. Und was für eine!"

„Da könnte sie recht haben, Elke", sagte Klaus.

„Lass uns machen, dass wir nachhause kommen."

„Kommt trocken an!", sagte die Einheimische.

„Und ein schönes Restleben noch!"

„Witzige Einheimische", sagte Elke.

„Na", sagte Klaus, „die halten uns Zugezogene auch für witzig. Darum sagen sie so was."

„Also dann, komm endlich."

Auf halber Strecke durch eine hügelige Wiesenlandschaft, auf der die Rinder unruhig waren, weil sie bereits die Kälte des Herbstes spürten, hielt sie plötzlich an und stieg ab. Am hinteren Schutzblech war eine Schraube verloren gegangen, es schleifte über das Hinterrad, sie reparierten es gemeinsam. Kurz bevor sie fertig wurden, hörten sie Hufschlag, jemand trabte gemächlich an ihnen vorbei, eine junge Reiterin, die sie nicht kannten, vielleicht eine Bäuerin, sie sahen ihr nach, sie spreizte ihre kurzen, dicken Beine ab, am Kopf bildeten zwei harte, gebundene Haarzöpfe den gleichen Winkel. Beim Weiterfahren begannen die Regenschauer und wurden bald so dicht, dass sie sich unterstellen mussten. Eine alte Scheune vor einem Abhang, schon windschief, aber mit einem intakten Dach, bot ihnen Schutz. Es duftete nach Heu. Sie setzten sich und hörten dem Regen zu.

Sie saßen Arm in Arm, spürten, wie ihnen allmählich warm wurde. Fast gleichzeitig begannen sie arglos über ihre nächsten Pläne zu sprechen.

„Ich habe vorhin beim Vortrag dieses Existenzialisten überlegt, dass wir uns neu einrichten sollten", sagte sie. „Eine neue Küche, Dielenboden, hellere Wände. Wenn das Leben schon absurd ist, sollten wir es uns wenigstens gemütlich machen."

Er dachte eher über eine Ferienreise nach. „Ein Meeresurlaub im Süden wäre schön!"

„Zu teuer!"

„Und die neue Küche kriegst du geschenkt!"

„Nein, natürlich nicht. Aber das Geld wäre besser angelegt."

„Für den, der kocht! Aber für den, der gern verreist ..."

„Es käme uns beiden zugute, wir kochen beide gern."

„Alles zu seiner Zeit, zuerst möchte ich lieber ..."

Etwas unterbrach sie.

„Hör mal!", sagte Klaus. – „Was ist das!"

„Was denn?"

„Als wenn da was heranstürmt ..."

„Wind?", schlug Elke vor.

„Vielleicht eine Flutwelle ..."

„Wie bitte?"

„Hörst du das nicht!", beharrte Klaus. „Dieses Brausen! Das geht doch immer einer Flutwelle voraus!"

„Du bist wohl schon mitten in Deinem Meeresurlaub!"

„Das bilde ich mir doch nicht ein!"

„Willst du mir Angst machen!"

„Ich sehe mal nach!"

„Nein, warte!", rief Elke erschreckt. „Ich komme mit!"

Sie traten in die Türöffnung. Der Himmel hatte sich

gerötet, als schäme er sich für das, was er jetzt tat. Ein giftiges Lila zog über die Wolken, dann brach ein Hagelschauer los, der sich auf dem Blech des Scheunendachs wie ein Feuerwerk anhörte. Durch das niedrige Buschwerk schien sich etwas anzuschleichen, sie sahen, wie es sich bewegte, was kroch da heran. Sie schrie leise auf, biss sich in die Knöchel ihrer Hand, die sie gegen den Mund presste. Er versuchte, sie zu beruhigen, konnte aber keinen Laut herausbringen. An der helleren Horizontlinie war jetzt der Umriss der jungen Frau auf dem Pferd zu sehen, sie ritt noch immer auf dem schmalen Grat durch die Landschaft. Ein Blitz sorgte dafür, dass es danach desto dunkler wurde, der Donner schlug auf sie ein. Sie rechneten damit, dass sich weitere Einheimische in die Scheune flüchten würden, vielleicht ängstliche Kinder, vielleicht Tiere. Aber sie waren die einzigen, die hier Zuflucht suchten.

Er zog die beiden Räder tiefer in den Scheuneneingang, die Sättel waren nass, sie säuberte sie mit einem Taschentuch. Das Schutzblech war erneut aus der Halterung gesprungen, erst jetzt sah sie, dass sein scharfer Grat sich in den Reifen gebohrt hatte, er war platt. Eine Luftpumpe besaßen beide nicht. Aber das hätte auch nicht geholfen, denn die Felge war an einer Stelle eingedrückt.

Sie gingen in das Innere der Scheune zurück und warteten ab, bis sich das Unwetter legen würde. Aber es hörte nicht auf. Beide erschraken bei dem Gedanken, jeder auf seine Art, dass sie es nicht mehr bis nachhause schaffen würden.

Josef-Michael

Den Tag, an dem er das Bild beendet hatte, vergaß er nicht mehr.

Es war Frühlingserwachen, draußen nickten die Osterglocken, und er tupfte das letzte Rot mit dem Pinsel auf die Leinwand, leuchtende Boten des Gartens, von Klatschmohn an Wegen und Tulpen in Beeten. Draußen begann das Rad der Sonne sich zu drehen. Er hatte sich behaglich zurückgelehnt, machte seine Bestandsaufnahme. Im Hintergrund hörte er seine Frau singen. Der Hund bellte. Sein Bild auf der Staffelei stand vor dem geöffneten Fenster, ein getreues Abbild des Gartens. Niemals hatte er schöner die wirkliche Natur eingefasst, einen Teil der Schöpfung wiedergegeben, dieser Ausschnitt gehörte nun ihm. Das war Vollkommenheit.

Als die Sonne sich den Himmel hinaufgeschraubt hatte, warf ihr Mittagslicht den Schatten des Fensters auf sein Bild. Einen Herzschlag lang spürte er das Unbehagen, das die Dinge bei Menschen erzeugen, wenn sie eigensinnig sind. Sie fügen sich nicht mehr dem Plan. Er stand auf und verrückte die Staffelei. Jetzt fiel das Sonnenlicht ungehindert auf sein Bild, ließ die Farben aufleuchten. Er betrachtete es zufrieden. Er würde die Staffelei mit dem Licht wandern lassen.

Noch während seine Blicke zwischen dem Bild und der Natur vor dem Fenster hin und her wanderten, stieg in ihm die Frage auf, ob sein gestriges Gemälde sich von dem heutigen auch nur geringfügig unterschied. Er stand unverzüglich auf und holte es, stellte es daneben. Er betrachtete beide Schöpfungen. Nein, sie glichen sich bis in jede Einzelheit.

Das hätte ihn mit Glück erfüllen sollen. Aber stattdessen spürte er eine plötzliche Unruhe. Woher kam das Unbehagen? Dort hatte er doch den Beweis für seine künstlerische Standfestigkeit. Aber er ertrug den Anblick nicht. Er dachte, es könne nicht zwei Abbilder derselben Sache geben, das gleiche Rot, Licht ohne Schatten, obwohl die Zeit weiterwanderte, dieselbe Form. Der Anblick zerstörte die Erfahrungen, die er zwischen den beiden Gemälden gemacht hatte, und im gleichen Augenblick schmerzte ihn die Wunde, die er sich am Tag zuvor mit dem Messer beim Abschaben einer Farbschicht zugezogen hatte. Entschlossen räumte er das Bild von gestern fort, trug es in den Keller, verschloss die Tür. Als er zurückkam, saß der Hund vor der Staffelei.

Er betrachtete erstaunt dieses Bild. Während er dastand wie der Schöpfer, der sich einen friedlichen Moment lang ausruht, überlegte er, ob er darauf vorbereitet war, dass nichts bleiben würde, wie es war, auf solche Veränderungen. Sofort drängte sich ihm die Frage auf, ob es für sein Schaffen eine Grenze gäbe. Und ob er diese Grenze erkennen könnte oder diese Erkenntnis anderen überlassen müsse. Seine Unruhe verstärkte sich. Er rief nach seiner Frau. Sie kam ohne Umschweife, er wies auf die beiden Bilder und erklärte ihr die Angelegenheit. Sie sagte, da er doch jeden Tag dasselbe Bild male, glaubte sie, er hätte seine Grenze erkannt und hüte sich davor, sie zu überschreiten.

Er erschrak zutiefst. Er blickte seine Frau an, den Hund, das Bild, den Garten. In seinem Inneren entstand etwas, das er noch nie gefühlt hatte. Bisher hatte er in der Gewissheit seiner selbst gelebt. Man hatte ihn angesprochen. Er hatte seiner Frau zugehört. Er hatte seinen Hund angeleitet. Der Künstler in ihm hatte Farben angerührt und sie auf die Leinwand getupft. Er hatte nichts erzählen wollen, nur zeigen, zeigen, was vorhanden war. Seine Abbilder, mit denen er statt eines Zaunes den Garten umstellte, gaben der Schöpfung den künstlerischen Sinn.

So war es bisher gewesen. Er spürte, wie sich ohne sein Zutun etwas veränderte und empfand die entstehende Bewegung, die ihn mit sich riss. Dass sein Hund bellte und seine Frau die Hände vor das Gesicht schlug, bemerkte er bereits mit der Nachlässigkeit eines Menschen, der sich entschlossen hat, die Veränderungen mitzumachen, die Grenzen zu überschreiten.

Ja, er war bereit. Er deutete auf seinen Hund. Spring, rief er, spring hinein. Und er sah dem Hund zu, wie er in das Bild sprang, das er am Morgen gemalt hatte. Er sah ihn davonlaufen. Er wendete sich zu seiner Frau um, die jetzt wieder ihr helles, vertrautes Gesicht zeigte. Komm, sagte er. Er nahm sie bei der Hand. Auch sie war bereit. Gemeinsam gingen sie durch sein Bild, folgten dem Hund, der nur innegehalten hatte, um im Frühbeet ein Häufchen zu setzen und sich jetzt schon hinter den Rabatten mit den Tulpen verlor.

Sie durchschritten seinen Garten. Und auf ihrem Weg in die Ferne pflückten sie den Klatschmohn, weil er so schön war, obwohl er genau wusste, dass die rote Blüte in ihren Händen im Nu verwelken würde.

Helmut

Unsere Katze liegt auf dem Sofa und schnurrt, und wenn ich sie streichele, hebt sie einen Hinterlauf und hakt sich bei meiner Hand ein. Ein Zeichen von Verbundenheit.

Heute Nacht lag ich wach und sah, wie meine Frau im Schlaf den Hinterlauf hebt und sich bei ihrer Bettdecke einhakt.

Was will sie mir sagen?

Draußen ist Vollmond. Aber sowas von Mond! Das bringt sogar die Pferde im Nachbarstall gegen die Stille auf. Sie beginnen zu wiehern. Unsere Katze schläft lautlos im Wohnzimmer.

Jahrelang haben meine Frau und ich über nichts anderes gesprochen als über Schlaflosigkeit in Mondphasen. Es war unser Leib-und-Magen-Thema. Wie hast du geschlafen – gar nicht – kein Wunder, es ist Vollmond. Wie hast du geschlafen – bestens – kein Wunder, es ist Neumond. Einmal war Mondfinsternis. Die knallrunde Sonne warf den knallrunden Erdschatten vor den knallrunden Mond. Da kamen wir ins Schleudern. Wir wussten nicht, wie wir uns verhalten sollten. Schließlich einigten wir uns. Ich schlief in der folgenden Nacht tief und fest, meine Frau lag wach. Am nächsten Morgen sah die Katze beleidigt aus. Ich wollte sie streicheln, da fauchte sie mich an. Meine Frau sagte, lass sie, das macht die Mondfinsternis.

Ansonsten aber geht es uns gut. Wir wohnen ja jetzt auf dem Land.

Hier gibt es nur selten Vollmond.

Aber einmal im Jahr, tief im Herbst, wird der große, vollkommen runde, rötliche Vollmond vom Himmel heruntergeholt. Dann setzt man ihn vor jedes Haus. Man höhlt ihn aus, schneidet einen breit grinsenden Mund in den Mond, eine Nase und zwei Augen. Da steht er dann überall und glotzt. Das ist ziemlich gruselig. Niemand weiß genau, was geschehen wird.

Aber wir sind ja gewarnt. Spätestens seit wir hierhergezogen sind, auf den Tag genau vor drei Jahren, als alle diese heruntergeholten Vollmonde vor den Häusern wie auf Verabredung und ohne jede Vorwarnung rot und röter wurden und plötzlich anfingen ..., aber nein, lassen wir die alten Geschichten lieber sein. Es ist besser so. Wir wollen ja schließlich ruhig schlafen.

In der Nacht vor diesem Tag, der sich heute jährt, murmelt meine Frau jedenfalls im Schlaf. Sie streckt ihren Hinterlauf ganz gerade aus, zieht ihn unter die Bettdecke zurück, dreht sich auf die andere Seite und taucht ab in einen tiefen Schlaf. Ich sehe es mit gemischten Gefühlen, kann nicht einschlafen und trete ans Fenster. Am Himmel steht ein riesengroßer Vollmond.

Alles ist also irgendwie an seinem Platz. Ich lege mich wieder hin.

Als ich vom Bett aus zum Himmel starre, ist der Mond plötzlich verschwunden. Ich springe noch einmal auf und schaue aus dem Fenster. Komplett weg. Leerer, dunkler Himmel.

Sie werden es wieder getan haben. Sie haben den Mond vom Himmel geholt. Und was dann geschieht, wissen wir ja …

Ich versuche, mich zu entspannen. Ich kann sowieso nichts unternehmen. Denn ich weiß ja, so sind die Leute auf dem Land eben.

Elke und Klaus

Durch das Fernglas sahen die Enten tot aus. Das Gefieder grau und braun, jede andere Farbe war aus ihren Körpern verschwunden, zugleich mit dem letzten Atemzug. Die Augenhöhlen waren dunkel, schienen leer. Er senkte das Fernglas, mit bloßem Auge setzten die Tiere auf dem glatten Schnee des zugefrorenen Sees sieben beunruhigende Zeichen. Über Nacht hatte die hereinbrechende Eiseskälte sie überrascht, von einem Tier ragte nur noch das Hinterteil mit zwei abgespreizten Krallen aus dem Eis. Die anderen Enten aber schienen Leben simulieren zu wollen. Sie sahen lebendig aus.

Die beiden Spaziergänger fragten sich, ob sie die Zeichen richtig deuteten. War es überhaupt denkbar, dass Enten auf dem See erfrieren konnten, bewahrte sie nicht ein tief sitzender Instinkt vor einem solchen Tod? Es war nicht genau zu erkennen, ob die Tiere wirklich gelebt hatten. Irgendein spaßiges Landei aus der Nachbarschaft hatte sie vielleicht aus Holz geformt und auf das Eis gesetzt, um andere Enten anzulocken – oder nichtsahnende Spaziergänger. Oder war es ein Maniac gewesen, der sich jetzt im Wald verbarg, dessen bizarres Kunstwerk die ahnungslosen Spaziergänger sehen sollten, um sich vor den Abgründen der Schöpfung zu fürchten. Auch ein Tierschützer kam infrage, der gegen den hysterischen Verbrauch von Enten und Gänsen zu Weihnachten protestierte. Das Fest und Silvester waren gerade vorbei. Aber Elke und Klaus hatten – wie es bei ihnen in der städtischen Familie immer üblich gewesen war – nur Kartoffelsalat mit Würstchen gegessen.

Die Natur war ringsum erfroren. Der Winter hielt das Land fest im Griff.

Die beiden Spaziergänger umrundeten den See. Das Unterholz war dicht verwachsen, am Boden angefroren, plötzlich stolperte sie und fiel in den Schnee. Einen Laut übermäßigen Entsetzens ausstoßend, sprang sie sogleich wieder auf die Füße, wollte ihm zeigen, dass sie sich nichts getan hatte. Sie stapften weiter, um den See herum, allmählich wurde es dunkel. Totenstille. Jeder Laut schien eingefroren.

Eine der Enten befand sich unweit des jenseitigen Ufers. Sie erreichten die Stelle.

Er blickte durch das Fernglas. Trug das tote Tier etwa keine Schlinge um den Hals?

Er behielt diesen Anblick für sich.

„Ich kann nichts erkennen", sagte er. „Keine Verwesung, sie sehen perfekt aus."

„Das Gefieder wie geschnitzt", sagte sie, ihre Stimme klang erleichtert.

Er suchte insgeheim eine Erklärung dafür, warum die toten Tiere den Kopf reckten, als erspähten sie etwas am jenseitigen Ufer und wollten unbedingt dorthin. Musste ihr Hals nicht jämmerlich heruntergebogen sein wie ein Gartenschlauch, der Kopf auf dem Eis liegen?

„Es sind Holzenten", sagte sie. „Jemand hat sich einen Spaß erlaubt."

Klaus deutete mit der Hand voraus: „Ich sehe die Stelle ganz genau! Irgendwie ..."

„Ja was? Nun, sag schon!"

„Was denn!"

„Mein Gott!", stöhnte Elke. „Klebt Blut an ihren Schnäbeln? Hängt ihnen die Zunge raus – oder was ist!"

„Kann ich nicht erkennen ... Jedenfalls keine Verwesung ..."

Elke sagte *erleichtert*: „Na dann ..."

„Sie sehen irgendwie perfekt aus ..., aber irgendwas stimmt nicht ..."

„Klaus! Halt mich nicht hin!!"

„Ich weiß nicht!"

„Jetzt raus damit!", verlangte Elke.

„Ich kann es nicht deutlich erkennen ..."

„Ich bring' dich um, Klaus, wenn du jetzt wieder mit dieser Nummer loslegst!"

„Sie recken so merkwürdig den Kopf! ... So, als erspähten sie etwas – am anderen Ufer ...“

„Und was soll das sein!?“

„Weiß ich doch nicht!“

„Mann, kannst du mich nerven ...“

„Irgendwas Unheimliches ist hier vielleicht passiert, irgendetwas, das sieben Enten in einem einzigen Augenblick einholt und ihnen den Weg abschneidet ...“

Elke äffte seine Stimme nach. „Den Weg abschneidet, hm?“

Klaus war jetzt ganz in seinem Element. „Vielleicht ist der Wald daran schuld ...“

„Klaus!“, sagte Elke. „Ganz im Ernst! So geht das nicht!“

„Ich will nur klarsehen.“

„Immer wenn du klarsehen willst, wird mir schwarz vor Augen! Wie kommt das bloß?!“

Sie schwiegen. Eisiger Wind pfiff über den See.

Klaus sagte zögernd: „Vielleicht waren sie überhaupt nie lebendig!“

„Du spielst doch auf irgendwas an, oder?“

„Worauf denn!“, wollte Klaus wissen.

„Du ziehst manchmal solche Vergleiche, meistens auf uns gemünzt.“

„Unsinn! Nicht abschweifen, Elke!“ Klaus setzte das Fernglas wieder an die Augen.

Elke blieb hartnäckig: „Du sagst irgendwas Tiefsinniges, es soll allgemein klingen, und es meint dann mich.“

„Ach was!“, fuhr Klaus sie an.

„Und ich muss dann drüber nachdenken.“

„Reine Phantasie.“

„Du wirfst mir das doch vor, dass ich längst abgeschaltet habe!“

Klaus setzte das Fernglas wieder ab. „W i r waren lebendig, und wir sind es immer noch! Du und ich. Punkt!“

„Und was ist nun mit den Viechern?“

Sie schwiegen wieder. Der eiskalte Wald schien zu einer Geste auszuholen. So abgestorben, so erstarrt, wie er sich vor ihren Blicken aufrichtete, kam es Klaus vor, als wolle der Wald sprechen. Eine stumme, winterliche Klage.

„Der Wald! Eiskalt! Wie erstarrt! Der Wald will davon erzählen!“

Elke schüttelte den Kopf. „Bevor du völlig durchdrehst, verschwinde ich von hier ...“

„Jawohl!“, setzte Klaus nach. „Der Wald will davon erzählen! Der Wald friert ja auch erbärmlich!“

„Das hat mich schon immer an dir genervt!“, sagte Elke wütend. „Im völlig falschen Moment wirst du plötzlich empfindsam! Aber wenn's mal nötig ist, dann kommt nichts ...“

„Ja, ja ...“, wehrte Klaus ab.

„Abgründe tun sich da auf, mein Lieber, Abgründe!“

„Sei still! Hörst du das nicht?“

Elke lauschte mit angehaltenem Atem, aber es blieb so abgrundtief still, dass beide das näherkommende Geräusch nicht hörten. Es kam von tief unten aus dem Schweigen. Dann war es mit einem Mal unter ihnen.

Ein Brechen, wie von einem Tier. Ein Schnaufen, wie von einem Verwirrten. Etwas stampfte heran.

Als ihnen klar wurde, dass sie in diesem entlegenen Waldstück nicht allein waren, fühlten sie eine tief sitzende Betäubung, als wäre alles vergeblich gewesen. Sie hatten sich umgewendet. Über den Weg kam im Halbdunkel jemand auf sie zu. Der Umriss einer männlichen Gestalt mit kräftigen Schultern und dünnen Beinen in engen Hosen. Weit ausholende Bewegungen, ein Rudern der Arme.

„N'Abend! Gutes Neues!", stieß der Jogger atemlos hervor. Dann war er auch schon vorbei.

Sie standen noch immer wie erstarrt.

„Lass – uns gehen", sagte sie. „Wir holen uns hier noch den Tod."

„Es ist wirklich kalt", sagte er. „Alles friert."

Sie warfen keinen Blick mehr auf den See, auf dessen schneeweißer Fläche sieben dunkle Flecken lagen.

TEIL ZWEI

Flucht aus den Städten

Der Tag ist gelb wie altes Papier. Die Fenster der Wolkenkratzer sind blind. Das Bankenviertel liegt verlassen da wie ein Steinbruch. Eine dunkle Stadt an aufgegebenen Ufern. Gehen oder bleiben, denkt er.

Gegenüber rotieren zwei Ventilatoren eines Bürohauses. Zur Linken das Schieferdach der Börse. Zur Rechten galoppiert der Pegasus auf dem Dach der Alten Oper davon. Weiter hinten der Messeturmbau eines neuen Babel. Auf einer Dachterrasse gegenüber biegen sich lachende Menschen in Festtagskleidung, sie halten Gläser in den Händen. Im Hintergrund sieht er die Silhouette des Taunus, die geduldigen Berge scheinen abzuwarten, bis der Spuk vorbei ist.

Die schmale Fahrrinne ist für Ängstliche, an den Bordsteinen rechts und links zeigt sich schwarzer Abrieb von Reifen. Seine Reifen quietschen, eine Verfolgungsjagd, und doch ist niemand hinter ihm her. Nur er selbst, sein größter Feind und Verfolger. Durch das Milchglas der hohen Sprossenfenster fällt auch heute nur trübes Licht, es scheint ihm, als stünde dahinter Dauernebel. Er hat es nie anders gesehen, in Dutzenden von Versuchen, den siebenten Stock so schnell wie möglich zu erreichen.

Seine Wut steigt mit jedem Stockwerk. Bei jeder Einfahrt in einen neuen Kreisel springt ihm der Anblick des runden Verkehrszeichens entgegen, das die schwarze Silhouette eines Mannes zeigt, der rot durchgestrichen ist. Ausradiert. Er fühlt sich getrieben. Am liebsten hätte er den Rückwärtsgang eingelegt. Aber jetzt bellt dicht hinter ihm die Schnauze eines Landrovers, treibt ihn vorwärts. Alle Ampeln stehen in den Parkdecks der höheren Etagen auf Grün, aber er fährt weiter. Im sechsten Stockwerk stehen Männer auf dem Fahrstreifen und blicken aus bleichen Gesichtern die Serpentinen hinunter, wie in eine Erinnerung an die Vergangenheit, sie weichen zurück, als er sich nähert. Die Tiefen bleiben hinter ihm, er erreicht die höchste Plattform, er hat beschlossen, nicht zurückzusehen.

Oben angekommen, nimmt er zuallererst den schweren Flügelschlag einer Krähe wahr, sie fliegt an der Stadt vorbei, füllt für Augenblicke die große Cinemascope-Leinwand des Panoramas. Das überrascht ihn. Er hat nur mit dem Anblick dieser anmaßenden Skyline gerechnet. Der Vogel torkelt durch einen blassblauen Himmel, vorbei an ein paar Schäfchenwolken. Er möchte es ihm nachmachen, bis an den Rand der Brüstung fliegen und verschwinden. Der Vogel verschwindet. Er steigt aus. Das Oberdeck des Parkhauses liegt leer vor ihm. Die Parkmarkierungen bilden ein sinnloses Muster. Das Grollen der Stadt dringt zu ihm. Unten Polizeisirenen.

Ein schmaler Streifen Sonnenlicht begrenzt ringsum die Brüstung, die außerdem von einem hüfthohen Eisengitter gesichert wird. Er geht daran entlang. Bis zur Ecke. Dort steht er wie am Bug eines Schiffsriesen, der seinen Weg in die Innenstadt aus Beton und Glas pflügen wird. Aber kein Meer weit und breit. Der Tag ist gelb wie altes Papier. Die Fenster der Wolkenkratzer sind blind. Das Bankenviertel liegt verlassen da wie ein Steinbruch. Eine dunkle Stadt an aufgegebenen Ufern.

Gehen oder bleiben, denkt er. Gegenüber rotieren zwei Ventilatoren eines Bürohauses. Zur Linken das Schieferdach der Börse. Zur Rechten galoppiert der Pegasus auf dem Dach der Alten Oper davon. Weiter hinten der Messeturmbau eines neuen Babel. Auf der Terrasse eines Penthouses gegenüber biegen sich lachende Menschen in Festtagskleidung, sie halten Gläser in den Händen. Im Hintergrund sieht er die Silhouette des Taunus, die geduldigen Berge scheinen abzuwarten, bis der Spuk vorbei ist.

Vor ihm der Abgrund.

———

Sein Blick stürzt hinunter, prallt auf dem Pflaster auf. Eine Schulklasse tritt aus dem Schatten einer Häuserfassade. Wenn er jetzt springt, tötet er vielleicht eines der Mädchen, die jetzt im Rudel zusammenstehen, geführt von einer gestikulierenden Lehrerin. Er weiß, er steht ungeschützt da, ein Geländer aus Eisen, das gegen die Knie drückt bleibt als allerletzte Instanz.

Es ist noch immer heiß, aber ein Gefühl von Regen hängt plötzlich in der Luft. Er erinnert sich an den Tag, als er seine Frau kennenlernte. Der gleiche Geruch nach Staub, Hitze und aufkommendem Regen. Und er fragt sich, wer, vor dem Tod, wen allein lässt.

In Höhe der Baumwipfel fällt sein Blick auf rote und schmutzigbraune Ziegeln von Dächern niedriger Wohnhäuser. Alles, was in dieser Stadt nicht friedlich wohnen will, ist in die Höhe gebaut. Und dann sieht er es plötzlich. Er hat erst hierherkommen müssen, um es zu sehen.

Direkt vor ihm tritt eine junge Frau auf einen kleinen Balkon im Obergeschoss eines hässlichen Mietshauses. Es ist ein winziger Balkon. Es ist eine kleine Frau. Unscheinbar und unbedeutend vor der übermächtigen, erstarrten Kulisse. Die junge Frau stellt eine Schaufensterpuppe, die sie in ein langes, pinkfarbenes Kleid gehüllt hat, mit dem Gesicht zur Stadt auf den Balkon. Sie soll offenbar das Gleichgewicht gegen die aufmarschierenden Hochhäuser halten. Dann setzt sie sich in einen Liegestuhl, der rote Punkt ihres Kopfes leuchtet und die Flut strömt vom Meer herein, sammelt sich in seinen Blicken. Er kann die Augen nicht von diesem Anblick lassen. Es gibt ein Leben nach der Trennung, sagt er sich. Er hat sich womöglich getäuscht. Und es gibt einen Grund, die Trauergemeinde warten zu lassen.

Die Schulklasse unten verläuft sich. In der Sonne schimmernde Leiber von Flugzeugen fliegen am Grat des Taunus vorbei. Silbervögel. Kraniche. Krähen. Und der rote Kopf der jungen Frau auf dem Balkon leuchtet noch immer. Wie eine Stecknadel, die ein Bild an einen flachen, blassen Hintergrund gepinnt hat. Eine Brise kommt auf. Das Bild flattert, bewegt sich leicht. Die junge Frau streckt sich aus. Liegt in der Sonne. Die Abgründe der Stadt vor ihm glätten sich, weißer Sandstrand zieht auf, und er vernimmt das Geräusch von Musik. Gitarren und Klarinette vom Goetheplatz her.

Er schwankt leicht, als er die Brüstung besteigt. Das Eisengitter drückt gegen seine Kniescheiben. Er breitet die Arme aus.

Josef-Michael

Es war kalt. Er rückte seine Lederjacke zurecht. Sein Gang durch die Stadt begann an diesem Wintermorgen damit, dass er frische Socken anzog. Es war nicht mehr ganz leicht, sie über die Füße zu streifen. Aber schließlich gelang es ihm, wie ihm bisher alles gelungen war. Und er verließ seine Lagerstatt.

Draußen sah er die Bewegung, dieses vertraute Bild der in sich selbst verschwimmenden Menge auf ihren arglosen Wegen, aber auch gestochen scharfe Bilder, von weißem Rauch – oder war es Wasserdampf von Heizungen, vor einem Himmel, der durchsichtig zu sein schien, eine Art hellblauer Wackelpudding, wie er ihn gestern Abend verspeist hatte; wenn man einen solchen Pudding mit dem Löffel anstößt, hört er nicht mehr auf, in Bewegung zu sein; er hätte gern seinen Zeigefinger in diesen Himmel gestoßen, vielleicht bebten dann auch die Häuser; und es hätte ihn zum Lachen gereizt, aber er reichte nicht hinauf, natürlich reichte er nicht hinauf …

Du musst aufpassen, dachte er, dass du nicht verrückt wirst. Eins nach dem anderen.

Sollte er die Lederjacke jetzt fester anziehen? Er trug sie wie immer umgehängt. Er fröstelte. Er riss an der Jacke, zog sie an den brüchigen Revers um seine knochigen Schultern, das genügte. Manchmal waren einfache Sachen umso schwerer zu tun. Jetzt, wo er das Zentrum der Stadt erreichte, war es ohnehin zu spät, er konnte an seiner Erscheinung nichts mehr verändern. Sie hätten ihn sonst nicht wiedererkannt.

Er stellte sich das vor. Wie er durch die Fußgängerzone ging, über den Markt, an den Reihen der Stände vorbei, wie ihre Blicke ihn trafen und nicht mehr erkannten. Nein, eine solche Veränderung war unerträglich. Sie brauchten die Gewissheit, wie er sie brauchte, es musste alles an seinem Platz sein, die Menschen dieser Stadt, alle Erscheinungen in ihrer bekannten

Form, nur daraus war Kraft zu ziehen. Und Kraft brauchten sie wahrhaftig alle. Denn es würde zum Kampf kommen.

Ein Hund kläffte ihn an. Er zog die Jacke noch fester um sich. Als er hinunterblickte, dort wo der Kläffer saß, bemerkte er, dass seine Socken unterschiedliche Farben besaßen. Man hatte ihn falsch beraten. Er blieb einen Moment lang stehen, aus den Augenwinkeln die Umgebung beobachtend. Hatten sie das bemerkt? Nein. Sie waren beschäftigt. Jeder mit seinem Geschäft. Sie wussten nichts. Nichts von den kommenden Ereignissen. Obwohl sie schon vor der Tür standen.

Es verstimmte ihn durchaus, dass er sich nicht hinunterbeugen konnte, um die Socken auszuziehen, um seine Sandalen zu schließen, um den hässlichen Fleck auf der hellen Hose wegzuwischen. Aber auch das war nun überflüssig, es war eine Sorge von gestern, als es noch um diese Dinge ging, um die Täuschung. Diese Sorge war er los. Und er war durchaus dankbar dafür. Jetzt konnte er sich auf seine Botschaft konzentrieren.

Der Geruch von Bratwürsten stieg in seine Nase. Vor einem Stand wartete ungeduldig eine Schlange von Menschen. Die meisten kannte er, sie sprachen laut, sie freuten sich auf ihr Mittagessen, in den Büros gab es nur Papierschnitzel. Ein inneres Lachen schüttelte ihn. Von solchen Begierden war er befreit. Ihm genügte hin und wieder ein Wackelpudding, in den er seinen Löffel stoßen konnte. Solch ein Berg musste erstmal abgetragen werden. Auch Kaffee vermied er. Sie trugen Pappbecher mit Kaffee wie Trophäen vorbei, er roch es, er sah den Dampf der heißen Flüssigkeit sich kringeln, wie ein davoneilendes Versprechen. Sie glaubten daran.

Er schlurfte weiter. Die offene Sandale zwang ihn zu einem solchen Gang. Das ging schon seit Tagen so. Aber er durfte nicht einhalten, es war so viel zu tun, sie warteten auf seine Botschaft, er konnte nicht einfach sein eigenes Leben wieder aufnehmen, das er an nur einem einzigen Nachmittag aufgegeben hatte. Natürlich erinnerte er sich daran, wie auch nicht, genau genommen war es seine einzige Erinnerung, sie hatte er bewahrt, er wusste, alles andere war wertlos. Als er seine Wohnungstür geöffnet hatte, war da kein Treppenhaus mehr, sie hatten es in der Nacht abgetragen, er stand im Freien und dann stürzten sie von allen Seiten auf ihn los, machten ernst. Da hatte er verstanden, sich nicht ohne Opfer befreit, war seinen Dienst angetreten.

Seitdem war er für sie da. Denn sie wussten es noch nicht, ihre Treppenhäuser existierten noch. Und es war wichtig, dass sie die Wahrheit erfuhren, nur so konnten sie sich gegen das entscheidende Ereignis wappnen. Er sah ihre Blicke, die ihn streiften, die durch seine eigenen Blicke rutschten, kraftlos, arglos, er hörte ein sich aufbäumendes Lachen, ein Lachen wie eine Mauer, die jemand vor ihm aufrichtete. Er wich aus, ging gleichmütig drum herum, jemand sprach über ihn.

Das ging ihn nichts an. Die Menschen versuchten immer und zu jeder Zeit, von der Wahrheit abzulenken. Er verstand sie. Er selbst hatte es allzu lange getan. Wer erklimmt diesen Berg schon freiwillig, wenn oben der Weltenrichter steht und ihn erwartet und ihn wieder hinunterstößt.

Er zog seine Bahn. Gleichgültig, dazu zwang er sich, erregt, wie konnte es anders sein. Sie ließen eine Gasse frei. Er ging hindurch. Sie sahen ihn erwartungsvoll an, und er sagte es ihnen. Er warnte sie, weil er es wusste.

„Ja", sagte er, und seine Stimme klang rau vom unaufhörlichen Sprechen. „Ja, die Geheimdienste in diesem Land! Es kommt zum Kampf!"

Helmut

Am Abend, mitten im Bahnhofsviertel, stieß ich mit dem Inder zusammen. An normalen Tagen wäre mir das nicht passiert. Aber ich war plötzlich empfänglich für Rücksichten, das ärgerte mich gewaltig. Ich wollte den Mann in das Geschäft gehen lassen, in dem seine Sippschaft schon gestikulierend wartete. Ich blieb stehen, winkte ihn durch, aber er blickte mich nur unterwürfig an. Ich geriet einen Moment, wider meine Gewohnheit, in eine weiche Stimmung, vielleicht durch die Anwesenheit der Streetworkerin, die uns alles mit einem übertriebenen Verständnis für den Abschaum auf der Straße erklärt hatte. Ich zögerte. Ich bemühte mich sogar um ein Lächeln. Der Inder wollte sich nicht rühren, er beharrte auf mein Vorrecht, auf dem heimischen Pflaster voranzugehen. Doch ich blieb jetzt hart. Wenn ich jemandem den Vortritt lasse, dann bleibt es dabei. Und außerdem konnte ich der Streetworkerin gegenüber, in deren blauen Augen die ganze Szenerie um uns wie in einer sanften Meeresdünung wogte, Punkte sammeln. Ich nahm Haltung an, winkte den Inder durch, er dienerte, auch sein jüngerer Begleiter dienerte jetzt, von der Kneipe her dienerte die Sippschaft. Ich winkte ungeduldiger, es dauerte jetzt schon viel zu lange. Die Streetworkerin fing zu lächeln an, selbst meine Begleiterin Angela aus der gleichen Abteilung, die mich zu dem Spaziergang ermuntert hatte, sah mich schon an, als erkenne sie mich nicht wieder. Ich wollte den Inder packen und an mir vorbeistoßen, er sollte die Güte des Einheimischen endlich begreifen. Er rührte sich nicht, grinste nur schuldbewusst. Dann wurde es mir zu dumm. Ich ging schnell weiter. Doch jetzt setzte sich auch der Begleiter des Inders in Bewegung und zog den anderen mit sich, nach meinem ersten großen Schritt stießen wir zusammen. Der Inder war weich und roch nach Schweiß. Er taumelte, stürzte gar zu Boden. Ich wollte die Sache jetzt schnell hinter mich bringen. Ich zog Angela mit mir, ohne auch nur noch einen Seitenblick zu verschwenden. Die Streetworkerin folgte uns, einen Bogen schlagend. Vom Restaurant her entstand großes Palaver.

Auf diesen ganzen Unsinn habe ich mich nur eingelassen, weil sich die Krise verschärfte und die Geschäftsführung uns riet, einmal die Hochhausgärten im 45. Stockwerk unserer Bank zu verlassen und ins

Gelände zu gehen. Wir sollten uns sehen lassen, zeigen, dass wir nicht anders sind als sie. Wie anders sind wir in Wahrheit, die wir von oben herabblicken. Denn was wir unter uns sehen, ist das sinnlose Hin und Her einer Masse, die nicht vorankommen will.

Am Anfang der Führung, wir kamen von der Konstablerwache her und standen auf der Zeil, schon nahe der Hauptwache, war ich, und ich glaube sagen zu dürfen auch Angela, die dem Zentralen Stab von *Credit Risk and Economic Capital Control* vorsteht, amüsiert. Kalt und amüsiert. Wie soll man sich sonst wappnen, gegen diesen Strom des Materials, der die Zeil herauf- und herunterzieht? Wir flüsterten miteinander. Angela und ich, obwohl Kollegen und in der Rangordnung durchaus nicht auf gleicher Ebene, verstanden uns gut. Sie legt immer den Kopf schief und schaut mich mit großen Augen an, wenn ich spreche, so als wolle sie nicht das geringste Satzzeichen meiner Rede verpassen. Ich glaube, sie mag mich. Das bleibt mir nicht verborgen. Und das ist auch gerechtfertigt, denn ich schreibe in der Abteilung die besten Zahlen. Beim Investment sogar die besten in der ganzen Bank. Angela und ich verständigten uns darüber, dass wir nach dieser Führung auf die Dachterrasse des Hochhauses zurückkehren wollten; einen Sundowner im hohen Glas, den Sonnenuntergang über dem Taunus vor Augen, die Stille der großen Räume hinter uns.

Deshalb trieben wir die Streetworkerin, die uns zugeteilt worden war, an. Doch diese Frau, die vor Verständnis für alles, was sie umgab, zerfloss, die in den sanften Bewegungen ihrer Blicke, ihrer Hände, ihrer Körperbewegungen vollständig zu Hause schien im Gelände, blieb lange stehen. Sie erzählte Geschichten. Von einer jungen Frau, die auf der Flucht vor ihrem gewalttätigen Freund seit zwei Jahren freiwillig in einem Kellerloch hauste. Von einem jungen Belgier, den man bewusstlos auf den Gleisen des Hauptbahnhofs fand, in den verkrampften Händen ein Fresspaket mit bayerischen Wurstwaren. Vom Busbahnhof an der Südseite des Bahnhofs, wo an der illegalen Haltestelle in mancher Nacht einhundert Reisebusse aus ganz Europa ankommen und die Reisenden keine Toilette vorfinden, weil angeblich die zuständige Bahn AG die Kosten dafür verweigert und in der Bahnhofsmission zwar eine Gebetsnische für alle Religionen da ist, aber kein Geld für die Reinigung des Aborts. Das scheint mir jedoch gelogen zu sein, denn ich weiß, dass die Bahn gerade mit viel Bonität und Portefeuille an die Börse drängt.

Aber dennoch, obwohl ich gewappnet war, ich sage es nicht gern, plötzlich überfiel mich eine seltsame Stimmung. Ich konnte mich dagegen nicht wehren.

Wir standen kurz vor der Hauptwache. Angela deutete amüsiert auf das Bronzedenkmal des Goliath vor dem Kaufhof, zu dessen Füßen sich eine mehrköpfige, dunkelhäutige Familie niedergelassen hatte, wuselnde Kinder, alles blödsinnig ärmlich. Und sie sagte plötzlich: Vielleicht sind diese Menschen froh, hier bei uns zu sein, auch wenn sie betteln müssen und vielleicht auf der Straße leben, weil sie da, wo sie herkommen, mit dem Tod bedroht werden. Ich wollte davon gar nichts hören, sah die Sippe am Denkmal, bettelnde Kinder, mein Blick schweifte weiter zu den Türmen unserer Banken, eine wahre Kulisse von Werten.

Und doch, plötzlich, veränderte sich meine Wahrnehmung. Während die Streetworkerin sprach, ihre weiche Stimme mich einlullte, Angela den Kopf schief legte, um jedes ihrer Worte genau zu verstehen, glaubte ich ein anderes Leben unter dem gewohnten zu sehen. Ich erschrak. Gleichzeitig blieb ich neugierig und überließ mich einen Moment lang diesem Gefühl, an einem ganz und gar fremden Ort zu sein.

Normalerweise bin ich gewohnt, wenn ich schon mal im Gelände sein muss, mit festen Prinzipien und gesundem Hass hindurchzumarschieren. Die Gedanken auf Zahlenreihen und Risiken gerichtet. Plötzlich hatte ich das Gefühl, alles um mich löse sich wie in einem impressionistischen Gemälde auf. Farben schwammen herauf wie in Gefäßen, die mit Wasser gefüllt sind, aus den vier Himmelsrichtungen spielte Musik, die immer eindringlicher wurde. Und dann die Menschen! Ein Zug, aber nicht der Masse, sondern von Individuen. Ich nahm Einzelne wahr! Sie warteten ab, sie lauerten, sie suchten ihre Spur. Und jeder, so seltsam das klingen mag, hatte sein eigenes Gesicht. Keiner glich dem anderen. Jeder schien mit einem schwerwiegenden Problem beschäftigt zu sein. Ich konnte die Schlieren ihrer Gefühle förmlich riechen, zumindest sah ich sie, wie auf einem mit langer Brennweite fotografierten Nachtporträt der Stadt, wenn farbige Lichter ihre Spur hinterlassen. Ich sah ihnen zum ersten Mal in die Augen. Überzeugen wollten mich diese Menschen nicht. Nicht mit Programmen, nicht mit Botschaften, nicht mit Zahlenreihen. Aber sie gingen sämtlich an mir vorbei mit dem wissenden Ausdruck im gefassten Gesicht, dass sie wichtig seien.

Was ist mit dir, warum taumelst du, hörte ich Angela fragen. Es ist nichts, sagte ich. Die Streetworkerin wurde gerade von einem Mädchen mit wilden Augen belagert, danach erzählte sie uns die Geschichte der blutjungen Schizoiden, deren Seele vielfach zerbrochen war, wie ein Spiegel, in den jemand geschlagen hatte.

Gehen wir endlich weiter, sagte ich. Aber ich konnte mich selbst nicht rühren. Ich musste gegen die Brise ankämpfen, die plötzlich über die abgedunkelten Wabenfensterflächen der Dachlofts an der Ecke Kalbächer Gasse und Rathenauplatz kam, von dort her, wo noch vor ein paar Jahren die uneinnehmbare Filiale der Lehman Brothers gestanden hatte. Ein warmer Wind, beinahe heiß an diesem Frühsommerabend, ein nach Weite und Meer duftender Hauch und es wurde noch schwerer, vorwärtszugehen. Ich muss wohl einen seltsamen Laut ausgestoßen haben, denn sowohl Angela als auch die Streetworkerin blickten mich besorgt an.

Endlich schüttelte ich diese lähmende Stimmung des Gemüts ab und sah wieder klarer. Die Konturen kehrten zurück. Die Hitze verflog. Wir gingen weiter.

Kurze Zeit später stieß ich mit dem Inder zusammen.

Erzähler

Damals in der pulsierenden Bankenmetropole liefen unsere Treffen, um Buchprojekte voranzubringen, immer nach dem gleichen Muster ab. Es war einstudiert und bis ins Kleinste choreographiert, ohne dass wir es begriffen. Und es begann immer damit, dass einer zu spät kam. In der Phase, an die ich mich lebhaft erinnere, war das Richard.

Wir anderen hatten schon unsere Bestellung aufgegeben oder aßen bereits, dann stürmte er mit fliegendem Jacket oder Mantel und fliehender Mähne ins Restaurant. Seine Entschuldigung war immer wortreich und laut, und sie variierte. Er arbeitete sozusagen die Entschuldigungen ab, die er auf einer imaginären Liste parat hatte. An Dienstagen schob er stets Programmkonferenzen vor. Weil er aber immer auf die Sekunde genau zwanzig Minuten zu spät kam, wurden wir allmählich stutzig.

Üblicherweise hatten wir eine Pizzeria in Sachsenhausen ausgewählt, das „La Traviata". Es wurde von vier auffallend kleinen, ständig singenden Brüdern aus Palermo geführt, die eines Tages in Frankfurt gelandet waren und vergessen hatten, das Rückticket zu lösen.

Ich stocherte schon in meinem mysteriösen Tintenfischsalat, Elke löffelte ihre Suppe, warf hin und wieder ihre dünnen, blonden Haare zurück und las nebenbei in einem ihrer brandneuen Texte. Die anderen beiden konnten sich wie immer nicht entscheiden. Sie hielten die Speisekarte nur für eine Diskussionsgrundlage und verließen das Lokal meistens hungrig. Klaus war ein zögernder Grafiker, sehr unentschieden in seinen Konzepten und auch in seiner Haarfarbe, die zwischen blond und rot schwankte; er holte sich seinen Stuhl stets von einem der Nachbartische und stellte ihn dazu. Später machte er als Beisitzer bei der Gewerkschaft Karriere. Der Kettenraucher Johann-Peter schlurfte als Lektor durch den Sachbuchbereich eines Großverlages und war misstrauischer als alle Menschen, die ich jemals getroffen habe. Nach jedem Luftholen eines Gegenübers konterte er mit einem: „Wer denn, wo denn, was denn!"

Jedenfalls kam Richard an diesem Dienstag wieder zwanzig Minuten zu spät. Er verlor gleich nach dem Eintreten mehrere bedruckte Blätter, sammelte sie ein und warf ein dünnes Manuskript auf den Tisch.

„Tag allerseits! Musste noch auf eine Programmkonferenz. Der Leiter ist vielleicht ein langweiliger Hund! Ihr habt schon angefangen?"

„Wer denn, wo denn, was denn!", sagte Johann-Peter.

Der Wirt kam. Wir sahen ihn nicht gleich.

„Vielleicht sollte ich Pizza Diavolo nehmen", überlegte Klaus.

„Gute Wahl, Signore!", bestätigte der Wirt in Augenhöhe mit Klaus.

„Aber ich bin nicht sicher. Ich warte noch!", sagte Klaus.

Richard bestellte noch im Stehen Spaghetti Vongole mit Venusmuscheln und ließ sich auf einen Stuhl fallen. Er blickte um sich, als sähe er uns zum allerersten Mal.

Johann-Peter ließ die Speisekarte durch seine Finger

gleiten, die so vergilbt aussahen wie seine ganze restliche Gestalt und verzog unentschieden das Gesicht. „Das ist wieder schwierig heute", murmelte er. „Soll ich – oder soll ich nicht!"

„Hör mal, Richard!", sagte Elke streng und wischte sich die schönen Lippen mit der Serviette ab. „Wieso kommst du eigentlich immer zwanzig Minuten zu spät?"

Richard blickte verblüfft auf die Uhr über dem Tresen, eine Armbanduhr besaß er nicht.

„Wieso denn?", fragte er.

„Ja eben", nickte Elke. „Wieso denn?"

„Ich meine, wie kommst du darauf?", fragte Richard ärgerlich. „Ich konnte doch nicht ahnen, dass ihr schon angefangen habt."

Ich legte die Gabel auf meinen mysteriösen Krakensalat zurück. Ich öffnete den Mund und holte tief Luft.

„Wer denn, wo denn, was denn!", sagte Johann-Peter.

Der Wirt schaute ungeduldig von der Theke her zu uns.

Ich sagte: „Das fällt nicht nur Elke auf. Wir alle fragen uns, warum du immer einen ganz speziellen Auftritt haben musst."

Richard blickte beleidigt. „Der Programmleiter kam einfach nicht zu Potte! Das tut mir auch leid! Ich kann mich nur entschuldigen! Was habt ihr denn schon besprochen!"

„Vielleicht sollte ich doch Pizza Diavolo nehmen", warf Klaus ein.

„Es gibt solche Leute", sagte Elke, „die können sich

einfach nicht einreihen, die müssen immer, na egal, aber ... warum eigentlich!"

„Größenwahn", schlug ich vor und nahm meinen Tintenfischsalat wieder in Angriff.

„Eher mangelndes Selbstbewusstsein!", sagte Elke mit entschiedener Stimme.

„Also hört mal!", empörte sich Richard. „Warum hackt ihr auf mir rum! Ich denke, wir wollten über Projekte sprechen!"

„Tun wir gerade", sagte Elke. „Das neue Projekt heißt: Wie schaffen wir es, dass Richard pünktlich kommt!"

Richard blickte unglücklich. Seine Spaghetti kamen. Er sah auf die Speise, zählte die Venusmuscheln und schob den Teller zurück.

Der Wirt sah in Augenhöhe auf Johann-Peter und Klaus.

„Und, Signori? Was nehmen?", fragte er.

„Ich könnte heute Pizza Diavolo nehmen", sagte Klaus. „Wie schmeckt die denn?"

Der Wirt blickte starr geradeaus, man sah förmlich, wie sein innerer Zeigefinger an die Stirn tippte.

„Schmecken wie Pizza Diavolo!", verkündete er.

„Na!", sagte Klaus, „ich weiß nicht, ich glaube, ich warte noch!"

„Ja, schon, Signori!", sagte der Wirt, „aber was nehmen?"

„Heute fällt die Wahl schwer", sagte Johann-Peter. „Ich lass mir Zeit."

Der Wirt machte auf dem Absatz kehrt und konferierte mit einem seiner Brüder an der Luke zur Küche.

─────────

Richard sagte: „Lagebesprechungen, wie ich sie gewohnt bin, sehen anders aus!"

„Mit dir nicht", sagte ich.

„Also", sagte Richard. „Wenn das so ist …"

„Warum isst du deine Spaghetti nicht?", wollte Elke
wissen.

Richard holte tief Luft für eine entschiedene Antwort.

„Wer denn, wo denn, was denn!", sagte Johann-
Peter.

„Wir müssen jetzt endlich mal weiterkommen!",
sagte ich.

„Wenn ich Pizza Diavolo nehme, kann ich nicht mehr
zurück", überlegte Klaus mit schwerer Stimme.

Elke hatte ihre Suppe ausgelöffelt und schob den Teller zurück. Sie blickte in die Runde.

„Dann hätten wir es ja", sagte sie. „Genauso machen
wir es."

Erwin

An diesem Tag beschloss er, ein Monster zu werden,
wie man es aus dem Kino kennt. Ein Wesen, dessen
Nerven Muskeln waren, und alle Empfindungen äu-
ßerten sich in Kraft.

Vielleicht löste seine Katze diesen Impuls aus. Er sah
ihr zu, wie sie Maß nahm, sie blickte einmal auf das
entfernte Fensterbrett, sammelte ihre Kraft, sah noch
einmal empor, konzentrierte ihr Sprungvermögen,

verglich es mit der zu leistenden Aufgabe – und sprang. Natürlich schaffte sie es.

So wollte er werden, jemand, der sein Vorhaben umsetzte, oder davon abließ, bevor er es begann. Zwischen der Absicht und der Ausführung gab es keinen Zweifel und kein Lamento. Alles würde dazu dienen, ihn mit der Tat zu vereinen.

Als Erstes drehte er die Lärmquellen auf. Aus allen Lautsprechern quoll das Getöse. Er ging darin umher und schrie. Als nächstes hörte er sich die Anklagen seines Nachbarn an und schlug ihn nieder. Zuletzt sah er den Sturm draußen, den peitschenden Regen und sprang auf die Straße.

Draußen war es nicht so, wie er angenommen hatte. Niemand wich ihm aus. Nicht die Hässlichen, nicht die Armen. Keiner von den Uniformierten und die Reichen schon gar nicht. Er musste sich Platz schaffen und tat es. Am Ende der Straße angekommen, blickte er über die Schulter zurück und zählte die Opfer. Eine Abrechnung musste zählbare Resultate haben, also machte er weiter. Er trat gegen Autos, die seinen Weg verparkten, beleidigte die Rudel in schlampigen Kleidern, die sich nicht rührten, riss Fahrradfahrer aus dem Sattel, die Körperkontakt suchten, zerschliss die größten Werbebanden, wollte ein für allemal taub sein gegen die Posen und Parolen.

Schon war er die Spitze eines Auslaufes, der ihm wie eine Schleppe nachfolgte. Als er eingekreist war, und schon zum Schlag gegen den Nächststehenden ausholte, erblickte er eine rote Katze. Sie duckte sich am

Straßenrand, prüfte, ob ihr der Fluchtweg zwischen rasenden Autos hindurch gelingen würde. Dann zog sie den Schwanz ein und trollte sich.

Er breitete die Arme aus. Schon gut, sagte er.

Walburga

Sie wusste, dass jemand sie verfolgte. Er zog immer engere Kreise, um sie zu fassen. Im Schlafzimmer wartete er auf sie.

Ihre Wohnungstür war zugehämmert, aber alle Zimmertüren offen, sie liebte den Blick durch die Fluchten der Stadtwohnung, es hätte sie eingeschränkt, wäre auch nur eine Tür zugefallen. In den zurückliegenden Wochen hatte sie auch alle Fußabstreifer entfernt. Sie erinnerten sie an Regeln und Pflichten, an Rücksichtnahmen, darauf wollte sie sich nicht einlassen. Mit einem Wort – sie war dabei, sich abzunabeln. Die Eltern waren gerade gestorben.

In der Dunkelheit bereitete sie sich vor. Wenn draußen der winterliche Abend herabsank, entkorkte sie den Rotwein aus Frankreich, schaltete das Fernsehprogramm auf ARTE, ließ es ohne Ton laufen, um ihren Hintergrund der schönen Bilder zu haben, ließ heißes Wasser in die Wanne ein, gab Duftöle dazu und wartete darauf, bis er kam. Sie wusste, er war bereits in der Nähe. Irgendwo verbarg er sich.

Als der Rotwein ausgetrunken war, das TV-Programm zu Ende und das Badewasser lauwarm, tauchte sie zuerst einen Finger in die Wanne und stieg dann hinein. Die Uhr schlug Mitternacht. Sie bestand sich selbst gegenüber darauf, immer ganz spontan zu sein, Punkt zwölf Uhr war die Zeit zu baden. Ihre Geräusche in der Badewanne waren im ganzen Haus zu vernehmen, ebenso das Kulturprogramm aus dem Radio, das sie jetzt einschaltete.

Dann kam er.

Zuerst überfiel sie nur eine Ahnung. Dann nahm die Gewissheit zu. Er betrat die Räumlichkeiten, ohne sich verbergen zu wollen, das war seine Art, sie zu demütigen. Er durchmaß die Wohnung, wie sie es tagsüber tat, im Eilschritt, zuerst das Arbeitszimmer, dort ließ er das dickste Buch zu Boden fallen und eilte weiter, zögernd nur in der Küche, um zu sehen, wie viel Vorräte noch vorhanden waren, dann schnell in alle übrigen Räume der ausladenden Wohnung. Zuletzt ins Schlafzimmer. Dort wartete er auf sie.

Sie stieg aus der Wanne. Tropfnass stand sie auf den bloßen Fliesen bis sie fror. Ihre Füße waren eiskalt und sie suchte nach einem Handtuch. Sie legte es auf die Fliesen, stieg darauf. Der Gedanke überfiel sie, ob sie ihren Eltern so viel Widerstand entgegensetzen musste, war es nicht manchmal besser, Übereinstimmung zu suchen? Jetzt waren sie tot, und sie selbst kämpfte gegen andere Feinde. Eingebildete und wahre.

Entschlossen trocknete sie sich ab. Sie würde sich zu wehren wissen. Sie lauschte immer wieder, ihre Erregung nahm zu. Alles war bis jetzt ruhig geblieben, aber aus dem Nebenraum, in dem ihr Bett stand, drang jetzt etwas anderes. Eine Tür schlug leicht gegen die Fassung, kaum wahrnehmbar. Es war eine Art Winken, er lockte sie damit, das war ihr klar. Sie musste alledem ein Ende bereiten.

Sie kämmte sich nicht das Haar, das war jetzt zu spät, sie schminkte sich nicht, wozu für die Nacht, schon gar nicht für ihn, sie wollte nur ganz sie selbst sein, nach ihrem eigenen Bild leben. Sie blickte sich im Spiegel an. Sie sah älter aus, als sie war, eigentlich zu alt. Sie wusste, dass sie diesen Zustand ändern musste. Dazu war sie heute Nacht bereit.

Sie riss die Badezimmertür weit auf. Der Flur war leer. Niemand da, der sich ihr in den Weg stellte. Aus den Augenwinkeln nahm sie wahr, dass auch die restlichen Zimmertüren offenstanden. Weit offen. Dahinter die hell erleuchteten Räume. Das Kulturprogramm lief laut, die Musik setzte einen dramatischen Akzent. Sie setzte zögernd einen Fuß vor den anderen. Dann begann sie zu rennen.

Sie stürmte in das Schlafzimmer. Rannte von einer Wand zur gegenüberliegenden. Dann zu den beiden übrigen Wänden. Sie umkurvte ihr Bett mit dem bereits aufgedeckten Überzug, das Kopfkissen gewendet. Sie hörte ihre eigenen Schritte. Laut genug. Mit der Bewegung nahm ihre Überzeugung zu, dass sie stärker war als er. Sie rannte weiter. Sie kreuzte das Schlafzimmer jetzt diagonal, dann strich sie an den Wänden entlang, machte kehrt, begann von Neuem. Sie vertrieb ihn.

Als sie nach der angemessenen Zeit stehen blieb,

schwer atmend, hörte sie, wie in der Wohnung unter ihr jemand gegen die Zimmerdecke klopfte, dann eine mahnende Stimme.

Sie hörte auch die Uhr einmal schlagen. Sie blickte sich im Schlafzimmer um. Sie hatte ihn vertrieben.

Rosskopf

Ich öffnete die mächtige Glastür und ging hinein. Warme Luft empfing mich, ein anderer Geruch. Dies war eine durchaus fremde Welt. Hinter mir fiel die Tür laut ins Schloss. Ich blickte mich um, hier drinnen war niemand.

An einen solchen Anblick muss man sich erst gewöhnen. Ich machte ein paar Schritte, der Boden wurde abschüssig, aber die wirklichen Gefahren lauerten später. Im Moment war ich froh, der Kälte entkommen zu sein.

Warum meine Frau beschlossen hatte mich zu verlassen, war mir unklar. Im Geschrei gehen die Gründe oft unter. Aber ihr Entschluss war unverrückbar. Jedenfalls hatte sie mir vorgeworfen, ich wagte nichts, ich bewegte mich nicht mehr, ich sei wie tot. Das kann schon sein. Denn muss man nicht wirklich sehr vorsichtig durch das Leben gehen? Ist nicht jeder Schritt voller Gefahren und muss gut überlegt sein? Kann nicht unter jeder Pfütze ein Abgrund lauern und hinter jedem Strauch ein Untier? Und sind wir dann wirklich gerüstet?

Ich wagte mich tiefer in das Gebäude hinein. Von

oben fiel Sonnenlicht durch das Glasdach, alles schien sehr hoch, ich konnte die Abmessungen nicht richtig erkennen. Der Geruch wurde stärker, immer weniger erinnerte mich an die Orte, von denen ich kam, ich ignorierte die Hinweise, die ein Weitergehen bedenklich machten.

Hinter mir brachen alle Brücken zusammen. Aber das hatte ich ja gewollt. Um meine Frau zurückzugewinnen, war ich bereit, mich diesen Dingen zu stellen. Sie sollte sehen, wie lebendig ich war!

Natürlich hatte ich den Eintritt gezahlt, so wie alle anderen. Wer unterstützt nicht von Herzen eine solche Oase mitten in der Stadt, in der die Bewohner zu sich selbst finden können, inmitten von ausgedehnten Wiesen, von Hainen, die Dichtern gewidmet sind, von verschwiegenen Plätzen, an denen sich das Kleintier versteckt, von Seen, die unter Bambuswäldern schimmern. Und dann erst diese Hallen mit ihrer Pracht aus Glas und Beton, Säle inmitten der Wildnis, die sich endlos erstrecken und ihre geheimnisvollen Landschaften erst dem offenbaren, der sich mit Todesmut auf sie einlässt.

Ich erreichte die erste Barriere. Ich sah die Riesen, die sich emporreckten und ihre Krallen in das Hallendach schlugen. Es ging immer höher hinauf, bis in schwindelerregende Dimensionen, schon senkte sich der Himmel herab und verschmolz mit der künstlichen Landschaft. Ich stand im Freien.

Ich überlegte, ob ich meiner Frau wirklich ein Versprechen gegeben hatte. Jedenfalls ertrug ich eines

Tages ihre Blicke nicht mehr, diese Stummheit, wenn sie sich enttäuscht abwendete. Eine solche Einsamkeit ist nicht zu ertragen. Man ist nur wegen eines einzigen anderen Menschen auf der Welt und spürt, wie er sich langsam davonmacht. Wie er nach einem anderen Rettungsanker greift. Und man versinkt.

Nein, das durfte nicht geschehen. Ich musste diese Prüfung überleben. Wenn ich zurückkehrte, hielt ich den Beweis in Händen, dass ich fähig war, ihre Erwartungen zu erfüllen. Wir würden uns berühren. Alles würde sein wie früher, als ein einziger Kuss genügte.

Meine Füße tasteten über weicher werdenden Untergrund. Eine Art Treibsand. Ich überließ mich der Bewegung, so ging alles leichter. Wer sich gegen das Notwendige stemmt, hat schon verloren. Der Weg führte mitten hinein in die grüne Hölle, an deren Anfang harmlose Kakteen standen, größer als ich, aber friedfertig, dahinter bäumten sich andere Kaliber auf, dann die Riesen. Hinter mir schloss sich die Wand der Vegetation mit bizarrsten Formen. Vor mir gab es jetzt keinen Weg mehr, nur das dicht zusammenrückende Grün.

Ich besaß keine Waffen, meine Hände mussten genügen. Ich habe nie die nötigen Waffen besessen, vielleicht aus Phantasielosigkeit, vielleicht aus Lebensüberdruss. Oft habe ich dafür bezahlen müssen, dass ich die Gegner unterschätzte. Aber ich stand immer wieder auf, das muss ich sagen, ich gab niemals klein bei. Das hat selbst sie anerkannt, mit einem Tonfall, aus dem Stolz heraushören zu dürfen ich geradezu betete. Es war aber wohl nur dahingesagt.

Hinter mir eine Bewegung, wie ein Sog, als würden Kammern geöffnet. Hier begann also die gefährliche Zone, die wahre Finsternis.

Längst gab es für mich kein Zurück mehr. Als dieser Gedanke in aller Klarheit von mir Besitz ergriff, packte mich etwas. Ich erschrak natürlich, hob den Arm, etwas wand sich darum. Es gelang mir nicht, die Schlange abzuschütteln, sie hatte sich blitzschnell um den Arm gewickelt, umfing ihn wie eine Spirale, wie ein Schutz. Wenn das Untier giftig war, konnte mein Abenteuer schon hier zu Ende sein. Aber ich wusste, das war erst der Anfang, also vergaß ich meinen kalten Gast und ging einfach weiter.

Vor mir wartete eine Art Canyon, tief eingeschnitten in die grüne Landschaft, unten schäumten Katarakte, wie sollte ich da hinüberkommen! Kaum hatte ich resigniert, ergriffen mich die Krallen eines Raubvogels, den nur groß zu nennen lächerlich gewesen wäre. Er trug mich mühelos hinüber. Aber am anderen Ufer der Schlucht ließ er mich nicht frei. Er schleppte mich in die Höhe eines Baumriesen, ich landete unsanft in einem tellerförmigen Nest, ich sollte ihre Mahlzeit sein. Drei weiß gefiederte Jungtiere mit verklebten Augen schnappten nach mir, ihre Schnäbel nach Art von Türkendolchen schlugen in meine Hände. Einem gelang es, die Schlange von meinem Arm zu reißen, gemeinsam verzehrte die Brut sie. Der Elternvogel war schon davongeflogen, auf der Jagd nach neuer Beute. Ich warf die Jungvögel aus dem Nest, einen nach dem anderen, sie konnten noch nicht fliegen.

Als ich den Baumstamm hinabgeklettert war, versank ich im Untergrund. Im Nu steckte ich bis zum Hals in dem stinkenden, schwarzen Moor, das unabsehbar war, sogar noch zu wachsen schien, es stieß an den Horizont. Ich hätte mir Schwimmhäute gewünscht oder Flügel, mir wuchs nichts dergleichen, und ich war der Seekuh dankbar, die aus der Tiefe eines Tümpels heraufstieß, um Luft zu schnappen, sie trug mich auf ihrem Rücken ans Ufer. Als sie mich dort zu Boden schüttelte, flog hoch über mir der Raubvogel in Richtung des verwaisten Nestes, sein Schatten streifte mich. Erst jetzt fiel mir auf, wie sehr die Sonne brannte. Ich musste im Bereich der Savannen sein, eine besonders abgelegene Abteilung der Ausstellung, zu der nur Lebensmüde Zutritt hatten. Ich kam auf die Füße und taumelte weiter. Durst und Hitze schlugen mich nach einer Weile zu Boden. Ich sehnte mich nach meiner Frau und den Kindern, selbst ihre gefühllose Kälte schien mir erstrebenswerter als diese gnadenlose Landschaft.

Ob meine Frau mich inzwischen suchte? Ich war klar über der Zeit. Das war sie nicht gewohnt, denn ich hielt mich streng an Pünktlichkeit. Sie würde sich vielleicht Sorgen machen? Nein, nicht sie! Vielleicht merkte sie nicht einmal, dass aus meiner Ecke kein Laut kam.

Die schweren Etappen lagen noch vor mir. Hier, wo die Vegetationszonen dicht zusammenliegen, begann der Busch. Ich hob die Arme und schlug auf die Schling-pflanzen, als besäße ich eine Machete. Ich musste mich bücken, um hindurchzuschlüpfen. Jetzt begann das, was man das Tropicarium nennt. Schon sprang etwas an meinen Hals, es drückte mich fast zu Boden. Ein stechender Schmerz zeigte mir, dass ich nicht träumte. Ich schüttelte den fremden Gast ab, er biss mir ins Bein. Ich trat nach ihm, konnte nicht erkennen, was es war, durch die Wipfel der Baumriesen fiel kein Licht, ich hörte ein Wischen, das sich entfernte. Es war sti-ckig hier. Die Luft war schwer wie Wasser in der Tiefe eines Sees. Ich rang um Fassung. Aber ich musste wei-ter.

Wenn doch ein Sonnenstrahl von oben einfiel, nahm ich die Bestände dieser Tropen war. Einfachblütige Arten neben Fleischfressern, Parasiten, wahre Mons-ter an Missbildungen, wie man sie nicht einmal von Bildern her kannte, standen neben leuchtenden Orchi-deen, Azaleen, Rhododendren – unabsehbare Gärten! Und Bilder aus Tausenden von Glühwürmchen illumi-nierten meinen Weg, auf dem zu gehen schon bald einem Delirium glich. Erst ein Feuerwerk von Düften, das in meinem Kopf explodierte, zwang mich stillzu-stehen. Es war schön. Und das zeigte mir, dass die wirk-liche Prüfung noch gar nicht begonnen hatte.

Ich torkelte weiter durch Nebelwüsten und Pelargo-nienbeete, tauchte durch Staudendickichte und Sukku-lengärten, war mitten in undurchschaubaren Gehölzen. Und dann warteten die Tiere auf mich.

Wer kennt schon das Bestiarium unserer Regionen!

Die größte Herausforderung waren die Angriffe der Echsen. Sie schnellten hinter Sumpfblüten hervor, manche konnten durchaus fliegen, sie verbissen sich in einer Art und Weise, die mich traurig stimmte. Es war Wut, schiere Wut, aus der heraus sie sich auf mich stürzten. Dieser deprimierenden Einsicht konnte ich nicht entgehen. Ich schlug um mich, mit meinen armseligen Mitteln kämpfte ich mich weiter. Schon spürte ich, wie das Blut aus unzähligen Wunden aus mir herauslief. Dann folgten die Raubkatzen. Die Dickhäuter. Die tausend missgünstigen Affen mit ihren Gesichtern, die mir in meinem Alltag Vertrauen eingeflößt hätten, aber hier waren sie losgelassen. Ich ertrug alles, die Vögel, die Reptilien, das giftige Gewürm. Ich musste zu meinem Auftrag stehen. Am Ende lauerten die Bestien, die einen Menschen komplett verdauen und verschwinden lassen, als hätte es ihn nie gegeben.

Als wäre das alles noch nicht schlimm genug, bildete die mich umgebende Landschaft einen derart trostlosen Anblick, waren ihre Ausdünstungen so ekelerregend, der Himmel aufgewühlt wie eine Fratze, der einsetzende Sturm so heftig, dass ich mich nicht mehr auf den Beinen halten konnte.

Laub fiel auf mich, in immer größeren Mengen, schon war ich beinahe begraben. Die Landschaft begann, mich zu verschlingen.

Bisher hatte ich mich gut gehalten. Aber jetzt ergriff mich doch Panik, ich kannte ja die Erzählungen, die davon berichten, wie sich Menschen in der zweiten Wirklichkeit verlieren können, wie sie verlorengehen in den Tiefen des eingebildeten Raumes. Dasselbe würde jetzt mit mir geschehen. Ich würde eingehen in die Weiten der künstlichen Zonen, einfach verlorengehen. Mit diesem Risiko hatte ich gespielt, um meiner Frau unter die Augen treten zu können, jetzt geschah das alles. Ich fühlte zum ersten Mal die Bitterkeit dieser Zumutung. Ein Gefühl sagte mir, mich dagegen zu verwehren.

Im gleichen Augenblick gerieten die Landschaften vor mir in Bewegung. Sie verloren ihren Umriss, dann ihre Farben, wurden durchsichtig, alles schmolz zusammen, wie gerinnendes Metall, das die Hitze verlässt. Die Ausmaße gingen gänzlich verloren. Ich atmete auf, denn ich sah, dass ich in einer Ausstellungshalle stand. Vor mir die Pflanzen der tropischen Zonen, über mir das gläserne Hallendach. Aus der Ferne rief eine Frauenstimme, dass man jetzt schließe. Ich drehte mich um, versicherte mich der Unversehrtheit aller meiner Glieder und lief zurück zum Eingang.

Draußen angekommen, konnte ich mich beglückwünschen, ich wollte nur schnell fort. Nachhause! Aber was machte ich falsch? Zeigte ich am Ende doch jene Schwäche, die man mir unterstellt hatte? Jedenfalls vergaß ich in der Eile, die Tür zur Halle der Tropen zu schließen. Ein vergessenes Exemplar aus dem Bestiarium, das nun seinen Platz zwischen seiner eigenen Welt und der meinen nicht mehr fand, sprang mir nach. Ich konnte es nicht erkennen, vielleicht existierte es auch nur in meiner Einbildung, weil ich fürchtete, dass meine Ergebnisse nicht überzeugend waren. Aber ich hörte ein Grollen hinter mir. Etwas lief mir nach.

Ich rief in Richtung des Ausgangs, hinter dem sich die Silhouette der City aufbaute, dass ich unverzüglich käme.

Und ich hoffte, dass ich die Wahrheit sagte.

Riebeling

Suche einen Ort in der Stadt, der sich selbst widerspricht. Das hatte die Stimme im Lehrprogramm zu mir gesagt. Ich machte mich auf den Weg.

Ich bog von der Landstraße ab und fuhr über einen unbefestigten Weg. In der Ferne ahnte ich Wasser, dort stand feiner Dunst. Ich behielt die Kopfhörer auf und folgte der Aufgabenstellung. Einen weiteren Waldweg hinunter, dann nach links. Ich hielt die Augen offen, sah das Gartenrestaurant, weiter im Hintergrund befand sich ein Spielplatz. Ich hätte in der Schwüle des Abends gern das hausgebraute Dunkelbier getrunken, das auf einem Schild angepriesen wurde. Aber ich musste erst die Aufgabe lösen, die mir Sonderpunkte einbrachte.

Ich setzte den Kopfhörer ab und versuchte, mich zu orientieren. Ich stand und schaute. Plötzlich explodierten über mir die Triebwerke einer Passagiermaschine im Landeanflug mit infernalischem Lärm. Ich duckte mich. An einem umlaufenden Jägerzaun sah ich einen Waldarbeiter mit Shorts und rotem Hemd, der Laub saugte. Ich hörte keinen Laut, obwohl Laubsauger zu den unangenehmsten Gartengeräten zählen, die ich kenne. Dann verebbte der Flugzeuglärm, und ich hörte das Gerät lauter werden.

Ich richtete mich wieder auf und ging an der niedrigen Basaltmauer entlang, die das Gelände umgrenzte. Zwischen den Kronen von zwei Tannen, die sich leicht in der Abendbrise bewegten, konnte ich jetzt das Wort „Gasthaus" an einer grünen Fassade lesen. Ein Anbau mit Fachwerk hieß „Zum Wilddieb". Es roch nach Braten und Äpfeln, nach Bier und dicken Soßen. Wie im Märchen, dachte ich.

Ich ging tiefer in das Anwesen hinein. Überall auf dem Gelände standen Menschen allein oder in Gruppen. Sie wirkten unschlüssig, einige starrten in die Luft. Ein seltsamer Anblick! Ich spürte die Stimmung dieses Ortes wie auf des Messers Schneide. Etwas war zu erwarten. Ich versuchte zu verstehen, was hier vor sich ging. Alles in dieser Waldidylle war darauf angelegt, dass die angereisten Menschen sich wohl fühlten, eine kleine Auszeit im Grünen vor der Stadt. Man entspannte sich. Aber im gleichen Augenblick fiel der Flugzeuglärm über sie her, erwischte sie schutzlos, erregte sie, putschte sie auf. Wenn ich mit der Stimme in meinem Lehrprogramm sprechen könnte, hätte ich gesagt: an diesem Ort werden die Menschen gleichzeitig eingeladen und ausgeladen – meinst du das?

Ich ging weiter zum Weiher. Wohltuende Abendkühle senkte sich herab. Auf der dunklen Wasseroberfläche schwammen gelbe Blätter, die der Frühherbst von den Bäumen herunterwehte. Spiegelbilder des Grüns der umliegenden Ufer im unbewegten Wasser, tief herunterhängende Zweige, die im Weiher tranken. Plötzlich sah ich auf dem Grund des Weihers, in dem sich der helle Himmel spiegelte, einen riesigen Leib. Ein Fisch, dachte ich überrascht. Nein, ein Riesenvogel mit aufgespannten Flügeln. Jedenfalls ein Ungeheuer. Aber es war natürlich nichts anderes als ein besonders großes, besonders tief fliegendes Transportflugzeug im Landeanflug. Denn jetzt zerriss wieder das infernalische Gebrüll der Bestie die Stille, saugte wie ein gigantischer Laubsauger die Idylle auf.

Ich wollte flüchten, aber die schönen Bilder nahmen mich gefangen.

Hier muss man sich bewegen, immer auf alles gefasst sein. Aber ich zwang mich zum Sitzen auf einer Bank am Ufer, denn fünf schwarze Kormorane ließen sich gerade auf abgestorbenen Ästen mitten im See nieder und saßen dort unbeweglich wie Säulenheilige.

Etwas mit ihnen stimmte nicht. Ich begriff es nach einem Moment.

Sie beobachteten nicht die Fischgründe, sie schauten zum Himmel auf. Ich folgte gespannt ihrem Blick. Hier fliegen die Fische offenbar knapp unter den Wolken entlang, dachte ich und sah sie auch im Geiste in der Höhe. Das nächste Flugzeug war schon mit schlankem, hellem Leib und gebogenen Flügeln wie Flossen über mir und überflog die Kormorane. Als hätten die Vögel mich nur täuschen wollen, stürzten sie sich im gleichen Augenblick in die Tiefe des dunklen Weihers.

Ich erhob mich unwillkürlich halb von der Bank, wartete gespannt, welche Beute sie wohl machen würden und wie lange es dauerte, bis sie wieder auftauchten.

Aber sie kamen nicht zurück.

Die Ruhls

Unterwegs spürten sie, wie ihr städtischer Alltag verschwand. Es dauerte eine Weile, zwei Tage, in denen sie argwöhnisch blieben, aber plötzlich verloren sie die Angst, dass ihnen etwas passieren könnte. Erst dann schloss er gewissermaßen die Türen seines Büros im Hochhaus, sie verabschiedete ihre Seminarteilnehmer in der alten Villa. Sie blickten auf eine Flusslandschaft, eine fremde Welt im Sonnenlicht, und hinter ihnen versank das, was sie bisher für ihr Leben gehalten hatten. Einen Augenblick hoffte er, für immer. Sie lehnte ihren Kopf zurück, schaute. Sie schwiegen. Es war beim Anblick von Vögeln, die über Sandbänke, dann über glitzernde Wasserläufe flogen.

Ich will nicht grau werden, sagte sie und griff mit beiden Händen in ihr Haar. Er sagte, was macht das schon, du siehst so gut aus. Er steuerte das Auto mit einer Hand, sie gewöhnte sich allmählich daran, der Verkehr war dicht, bei Regen ging es langsam. Kennst du den, fing er an, ein Mann kommt in ein Dorf ...

schau nach vorn, bat sie, der Verkehr nimmt zu. Er tat es und schwieg. Die kleine Reise führte durch Landschaften, die ihnen nichts zeigen wollten, die auf nichts zu warten schienen. Sie waren einfach da. Weite Blicke, tiefe Wälder, verträumte Winkel, dann wieder bewegte Marktplätze in Dörfern, die an der Route lagen, blumengeschmückte Ortschaften.

Einmal sprachen sie darüber, wie ernüchternd es war, nicht im Mittelpunkt zu stehen. Wie erleichternd. Etwas veränderte sich dadurch. Zwischen ihnen fiel etwas in sich zusammen, sie hörten es geradezu, aber sie hüteten sich davor, darüber zu sprechen. Es war trügerisch. Vielleicht kostbar.

Der Ort, den sie am Ende betraten, war voller Licht, aber auch voller strenger Gerüche. Ein graues Fischerdorf am Meer, sogar an der äußersten, westlichsten Spitze des Landes. Ein Vorposten gegen Sturm und Gewalten. Der Leuchtturm ragte so mächtig auf, als sei er für eine andere Zeit gebaut, für Verhältnisse, die früher einmal galten. Vor den Kais machte sich eine Bracke aus Schlick, Tang und Pfützen breit, die vom Wasser nicht mehr erreicht wurden. Die Gezeiten hatten den Ort aufgegeben, die Flut machte weit draußen Halt. Vor dem Ort drehten die Möwen ab.

Sie stand an der Kaimauer und wendete sich weg. Ihre Blicke verließen ihn, sie suchten den Himmel ab. Das kleine Haus, das sie angemietet hatten, lauerte auf sie. Hässlich geblümte Tapeten, in denen der Geruch hing, ein schäbiger, mit Kieselsteinen ausgelegter Hinterhof, ohne das geringste Grün. Etwas holte sie ein, das sie beide kannten, etwas war wieder einmal nicht gelungen. Es war wie ein Aufschub, aber sie begriffen nicht, worum es ging.

Nach einem Tag begannen sie, die Vorzüge des Ortes zu entdecken. Ihr Haus lag an einer verkehrsreichen Straße, auf der sie morgens schnell die schönsten Strände erreichten. Das Wetter blieb abwartend. Wenn einmal die Sonne herauskam, hielten sie es im Haus nicht mehr aus. Aufflackernder Streit verstummte angesichts der Felsen, der Brandung, des Windes, des unendlich scheinenden Meeres. Die Landschaft dämpfte ihre Unzufriedenheit, die sich in den Jahren des Zusammenlebens angesammelt hatte, Enttäuschungen, Vorwürfe, Misstrauen. Irgendwann gab es diesen Punkt, an dem sie beide für sich beschlossen, es gut sein zu lassen.

Das Meer war kühl, das Wasser sauber. Sie wanderten an der Küste, dort wo es flach war, sie mieden die Orte, wo die Felsen jäh in die Brandung hinabstürzten. Überall war es auf eine behäbige Art schön, die Menschen freundlich, sie begriffen, wie viel Zeit da war, die Tage offen. Sie sahen sich Kirchen in der Umgebung an, schlichte Gotteshäuser aus grauem Granit in ländlicher Umgebung, mit großer Kraft gegen den Unglauben gebaut, nützliche Dämonen wachten an der Fassade. Sie spürten die Ehrlichkeit der Baumeister und der Gläubigen. Diese Gotteshäuser waren Wohnungen. Das Meer trat bis an die Außenmauern heran.

Zwei Wochen vergingen an Stränden, in versteckten, schönen Orten, das Wetter kam und ging. Sie kauften am Hafen Fisch aus den Trögen der Fangflotten, Schollen, Barben, Meerbrassen, der Fisch, den sie am Abend mit viel Aufwand zubereiteten, war wie ein Nachweis, dass alles in Ordnung war, der Kreislauf war intakt, es stimmte, was man ihnen von der Küste erzählt hatte.

Dann leerte sich der Ort. Mit jedem Tag verschwanden Menschen, denen sie auf den Straßen begegnet waren, bis nur noch die Einheimischen übrig blieben, die am Morgen die Boulangerie betraten, um duftendes Brot zu kaufen, vorher tranken die Männer ein Glas. Der Ort wirkte jetzt größer. Ein Karussell wurde abgebaut. Der Name eines Restaurants tauchte nicht mehr auf. Schließlich war die Reihe an ihnen. Den Abschied vollzogen sie ohne Wehmut, mit Dingen beschäftigt, es musste aufgeräumt werden, es hatte sie nicht berührt.

Die Hoffnung war da, auf ihr Zuhause, das schöner war. Auf der Rückreise über die Autobahn waren sie ausgefüllt mit Bildern, Eindrücken von Landschaft und Meer. Als die Küste endgültig hinter ihnen versunken war, begann sie, davon zu sprechen, wie schwierig alles werden würde. Überall in der Stadt stießen sie an ihre Grenzen. Es war kein Geld da. Manchmal schien es ihr, als könnte sie dem Druck nicht mehr standhalten.

Er beruhigte sie. Er tat es nicht, um ihr auszuweichen. Er wollte sie nicht trösten, denn er wusste, dass sie recht hatte. Aber seine Haltung war, dass man sich seiner Verzweiflung niemals überlassen dürfe. Er sagte es ihr. Er sagte, dass er nur Krankheit und Tod akzeptiere, nicht die Armut, nicht die Willkür der Menschen. Dass sie alles meistern könnten, wenn sie zusammenhielten.

Sie blickten sich in die Augen. Sie fragte ihn, ob er das wirklich meine. Er bestätigte es, er sagte, vor allem nach diesen schönen Tagen, nichts sollte umsonst gewesen sein. Sie spürte seine Kraft, endlich einmal. Er spürte, dass sie sich ihm überließ. Endlich einmal. Sie streckte ihm ihre Hand entgegen und er ergriff sie. Es war ein Moment von Innigkeit und Klarheit. Als er wieder durch die Windschutzscheibe blickte, sah er es. Den Stau. Aufbauten von Karosserien. Blech, das sein Blickfeld ausfüllte. Zu nahe, um zu bremsen.

Er riss das Steuer herum, jetzt mit beiden Händen. Das Auto schlingerte und geriet auf den Seitenstreifen, er konnte es im letzten Moment unter Kontrolle bringen und ließ es am Stau vorbei ausrollen, bis es still stand. Es war gelungen.

Er schaltete schließlich den Motor aus.

Julian Hahn

Die Straße jenseits der Innenstadt ruhig, die Bäume im Wind.

Er bewegte sich immer noch, aber gerade an diesem Morgen hatte er sich gefragt, ob er den Kampf nicht längst aufgegeben hatte.

Wenn die Kinder kamen, drehte er ihnen den Rücken zu. Er ließ sie vorbei, ihr Lachen, ihre Angriffslust, er bewegte den Besen kraftvoll und seine Schultern bebten dabei. Und wenn die Scharen vorbei waren, ließen seine Kräfte so schnell nach wie der Wind in den Baumkronen. Der Besen mit den Weidenborsten strich den Untergrund glatt, säuberte ihn nicht. Er verteilte die Blätter. Wenn er den Kopf hob, erblickte er an der nächsten Straßenecke das Mobil in den gleichen Farben, die er selbst trug. Von weitem wahrnehmbar, und dann auf eine seltsame Art und Weise unsichtbar. Die Reiniger waren da, mehr brauchte niemand von ihnen wissen.

Er streichelte die Blätter. Er ging um das Viereck des Grüns herum, in dessen Mitte die mächtigen Ulmen standen. Er verteilte die Blätter. Er strich den Belag aus heruntergefallenen Blütenblättern glatt, wie seine Mutter einst die Butter von den Rändern der Brotscheibe her gleichmäßig zur Mitte verteilt hatte, solange, bis die Butter das Brot gleichmäßig mit einer dünnen Schicht bedeckte.

Die Blätter! Fein, sandfarben, von durchsichtiger Struktur. Trocken wie Papier. Von feinen Adern durchzogen und ausgestreckt, nachdem sie die Frucht aus ihrer Mitte entlassen hatten. Blättchen, ein unaufhaltsamer Strom von Blättchen, die eines Tages anfingen, von den Ulmen hinabzurauschen. Sie bedeckten das Straßenpflaster mit einer zweiten, hellen Schicht. Und wenn sein Besen darüberglitt, flatterten sie auf, zu Tausenden, und senkten sich, Meter entfernt, erneut zu Boden. Warteten.

Er hatte aufgegeben. Es ging nur noch darum, den städtischen Job nicht zu verlieren. Die Ulmenblätter lagen da und warteten auf ihn und auf das Mobil. Und wenn er sich auf sie zubewegte, flüchteten sie. Sie waren da, wie jeder Tag da war. Ein Tag wie der andere. Und wenn er sich ihm näherte, machte sich der Tag auf und entfernte sich. Und wendete sich zu ihm um.

Und ging weiter.

Erzähler

Wir haben es ja in Frankfurt gesehen! Wir haben es auch in Berlin gesehen! Wir sahen es vorher in Stuttgart!

Es geht nicht mehr!

Alle, die wir kennen, krabbeln übereinander, rempeln sich an und stoßen sich, sind missmutig und ärgerlich, verhindern den Durchblick. Jeder steht dem andern im Weg. Es ist kein Fortkommen.

Ähnlich war es immer schon, aber jetzt wird es dramatisch. Denn jetzt kommt dazu, dass uns nicht nur die auf die Pelle rücken, die auf unserer Etage wohnen, die in unserem Mietshaus, in unserer Straße wohnen, die in unserem Viertel, ja, in der ganzen Stadt wohnen. Jetzt müssen wir uns außer mit unserer Meute auch mit denen beschäftigen, die wir gar nicht kennen. Und auch gar nicht kennenlernen wollen. Aber auch deren Sorgen müssen wir nun noch übernehmen.

Wir hören und sehen jeden Tag von ihnen. Manche wohnen in Uganda, manche am Kaspischen Meer, viele am Bosporus. Alle haben sie ein Problem. Und sie teilen es uns mit. Wir sehen und hören sie, ihre

Sorgen werden uns mitgeteilt. Hier wird eine Frau beschnitten, dort steckt ein machtgieriger Fürst seine Kritiker in Erdlöcher, noch weiter weg läuft ein Irrer Amok. Wir bekommen es aufgetischt. In Wort und Bild. Und wir müssen uns damit beschäftigen.

Wir wissen, wir zahlen irgendwann für alles. Oder das ahnen wir zumindest. Dann kommen auch schon die Rechnungen.

Es wird uns zuviel. Wir können nicht mehr. Wir sind schon so was von komplett überfordert. Es gibt aber keinen Ausweg. Unsere Städte sind abgeriegelt, wir können uns nur noch ein paar Meter von links nach rechts bewegen. Augen und Ohren verschließen nutzt auch nichts. Denn das Gebrüll und die Auftritte der Anderen nehmen zu.

Überfordert waren wir schon immer. Wir haben es nur für uns behalten. Jetzt wollen wir nicht mehr. Bevor wir platzen, muss es raus. Es muss gesagt und getan werden. Dann wird es natürlich gewalttätig.

Oder wir machen es so, wie es die Friedlichen und Freundlichen, die wir kennen, schon versucht haben. Mausi, Klaus-Peter, Walburga, Rosskopf und all die anderen, die was von Nachhaltigkeit verstehen und sich nicht an irgendetwas rächen wollen. Vielleicht sollten wir diesen Schritt auch tun und die Stadt einfach verlassen. Wir würden dann aufs Land ziehen. Das Glück im Garten suchen. Mann, was für eine Vorstellung! Freie Blicke! Stille! Saubere Luft!

Ein Leben ohne Nachbarn!

Wir wären dann nicht mehr gezwungen, uns mit den

Programmen der Anderen zu beschäftigen! Mit der gleichgeschlechtlichen Ehe, mit der geregelten Zuwanderung, mit den Sonderabgaben für Anlieger, mit dem Dosenpfand. Nicht mehr die gewöhnlichen Zumutungen bitte! Denn wir leben doch in einer viel weiteren Welt! In einer Welt, die nicht nur seltsamer ist, als wir denken, sondern noch seltsamer, als wir überhaupt denken *können*!

Also, raus aufs Land! Dort soll es noch ein paar Mysterien geben, die unsere Phantasie beflügeln.

Wir müssten nur ein paar Hürden überwinden und die tatsächlichen Abgründe meiden, dann könnten wir das schaffen. Es ist eine so tolle Vorstellung!

Was meinst du, sollen wir es nicht wenigstens versuchen?

TEIL DREI

In der Schwälmer Senke

Wir wollten noch mal ganz von vorn anfangen, ganz ohne Ballast. Aber sind wir wirklich die ganz Neuen und nicht mehr die Alten? Schleppen wir nicht einfach nur die Stadt aufs Land?

Vielleicht sind nicht die Leute vom Land das Problem. Sondern wir sind es. Oder alles zusammen? Und die Natur gibt uns den Rest?

Erzähler

Erinnerst du dich?

Im westlichen Vogelsberg, am Rande der mittelhessischen Senke, machte ich damals eine Lesung. Wir saßen in einem ungemütlichen Café, das zu einem Thermalbad gehörte. Wenn man den Kopf drehte, konnte man durch die gläserne Trennwand alte Leute sehen, die im Heilwasser des flachen Wasserbeckens rhythmisch auf der Stelle traten. Bis zum Café drang kein Laut. Es gab Tee und Gebäck.

Mein Gegenüber John fläzt sich auf dem kleinen Bistrostuhl und lacht sein alarmierendes Lachen.

Unvergesslich! Du legtest dich damals noch mächtig ins Zeug.

Auch mein Gitarrist. Ich sehe ihn vor mir. Er beugte sich über seine Saiten, als wolle er sie verzehren. Danach vollführte er eine segnende Geste. Es roch durchdringend nach Schwefel, so als hätte der Teufel persönlich ein Feuerchen entzündet. Aber der Gestank kam aus eintausend Metern Tiefe, die der Bohrkern in die Quelle gefräßt hatte.

Was die Touristiker total begeisterte, weil sie im Vogelsberg endlich etwas vorweisen konnten.

Jedenfalls hatte der diensthabende Journalist von der Regionalzeitung die ganze Lesung über mit der vollbusigen Thesenkraft geschäkert. Nach der Lesung kam er auf mich zu und fragte: Und was machen Sie beruflich?

Ich sage, ja, im westlichen Vogelsberg leben nur Idioten!

Wie du weißt, lebte ich damals auch dort. Außerdem frage ich, was ist mit dem östlichen Vogelsberg? Und mittendrin? Jedenfalls war ich an dem Abend echt bedient. Mein Gitarrist konnte gar nicht aufhören, sich zu amüsieren. Eine Frohnatur. Ich habe dort nie wieder gelesen.

Vogelsberg ist geistiges Niemandsland, da scheitert jeder. Du brauchst das also nicht persönlich zu nehmen.

Später lernte ich im Nachbarort einen Kulturbeauftragten kennen. Tatsache, so was gibt es dort! Er hieß Schulze und weil er ein, zwei Verse geschrieben hatte – übrigens gereimt, das ließ er sich nicht nehmen – nannte er sich Lyriker. Lyriker Schulze. Er sah aus, als überlege er, was er seinem Gegenüber vorwerfen konnte.

Der Kulturbetrieb ist nirgendwo schön.

Ja, aber am Vogelsberg – nee! Dann sollen die Leute sich nicht Kulturbeauftragte nennen, sondern meinetwegen – Stimmungsmacher. Für schlechte Stimmungen. Alles andere führt doch auf eine falsche Fährte.

Sie können es einfach nicht besser, mein Lieber, das solltest du ihnen zugutehalten.

Sie sind an rein gar nichts interessiert, das ist ihr Problem. Mit denen hat man es jetzt überall zu tun.

Aber sie dekorieren jedenfalls, das können sie immerhin, da kann man neidisch werden!

Dann sollen sie doch ihre verdammten Finger von

Inhalten und Problemstellungen lassen. Immer geht es nur um Deko bei Familienfeiern. Was willst du mit Leuten anfangen, die ihr Familienleben wie eine Schleppe hinter sich herziehen!

Aus den Lautsprechern des Bistros, in dem ich mit John zur Feier der Eröffnung des Kultursommers am Rande der Schwälmer Senke sitze, wird die Heimatmusik lauter. Gleichzeitig scheint mir der Schwefelgeruch stärker zu werden. Der diensthabende Journalist der regionalen Weltpresse war damals gleich abgedampft. Er wolle was richtig Gutes schreiben, sagte er. Ich rief ihm hinterher: Worüber denn!

Wie ging das damals überhaupt weiter, fragt John. Ich war ja gleich weg, weil Harriett auf mich wartete. Man hat danach so einiges gehört.

Ich zog mich komplett zurück.

Aber das ist doch nicht die Lösung.

Eines Tages kannte mich keiner mehr. Weder in der Stadt, schon gar nicht hier in der Einöde – oder nenne es Diaspora.

Aber du willst dich doch zeigen, und das, was du kannst. Jetzt bist du ja auch wieder hier.

Du ja auch – irgendwie!

Ja, schon. Aber ich frage dich! Wie hast du deine Enttäuschung verarbeitet?

Man glaubt es kaum, aber eines Tages tauchte der Kulturbeauftragte bei mir auf. Er hatte was vor, das war gleich klar. Und was der vorhatte! Es ging nämlich darum, dass er sein Tätigkeitsfeld komplett renovieren wollte. Er wollte was ganz Großes aufbauen,

parallel zum Bau dieses Verkehrskreisels in der Orts-
mitte. Heimat als Event, mit Radweg, Trachten, Bier
und Blasmusik.

Irgendwann drehen Kulturbeauftragte durch, das
ist klar.

Er schlug mir also vor, wir sollten unsere Ressourcen zusammenlegen.

An sich nichts Schlechtes.

Ressourcen, so drückte er sich aus. Als sei ich im
Energiesektor tätig.

John blickt mich merkwürdig an. Ich weiß, dass er
neben seiner wissenschaftlichen Arbeit über diese
Literatin des 19. Jahrhunderts auch im regionalen
Kulturmanagement beschäftigt ist. Also muss ich vorsichtig sein mit dem, was ich sage. Er verkehrt mit den
Leuten, über die ich mich auslasse. Das ist heikel. Sie
haben nach ihrer Ankunft sofort damit begonnen, sich
zu vernetzen, das kannten sie aus der Stadt. Auch
wenn sie sich als Zugezogene auf dem weitläufigen
Land nie begegnet sind, sie leben in einer seltsamen
Beziehung miteinander. Sie halten den Wahn aufrecht,
als ehemalige Städter *Hot Spots* zu sein. Sie glauben
jedenfalls, ihr Tun halte die Welt zusammen und um-
hege ihr schönes, aber gefährdetes Landleben mit
einer magischen Kraft. Sie schaffen etwas Magisches.

John wohnt seit der Sache mit Harriet im Seiten-
flügel eines alten Schlosses, zwischen Wiesen und
Wäldern. Es wird auch von der Freundin des Kulturbeauftragten bewohnt, einer Geigerin, die nur für
Frauen spielt. Sie sind also hier angekommen und ken-

nen sich alle irgendwie – Harriet, Mausi, Herbert, Erika Jaeckel, Elke, Klaus, Lucie, Erdmuthe und Bobo, Karin und Erwin – alle. Und vermutlich sitzen sie jeden Abend in dem alten Gemäuer zusammen und tratschen über mich. Naja, vielleicht übertrieben. Ein paar andere Themen haben sie auch noch. Aber jedenfalls durfte ich nur noch genau das sagen, was ich gezielt lancieren will. Um die Fehler der Vergangenheit wieder rückgängig zu machen. Oder auch nur, um dieser Kulturmafia die Stirn zu bieten, die Kreative wie Dünger behandelt, wenn man vorbeigeht, öffnen sie die Ställe. Aber ich merkte schnell, dass ich gar nichts lancieren wollte. Und John blickt auch wieder ganz normal und sagt: Ich rate dir, mit den Medien hier ein bisschen nachsichtiger und freundlicher umzugehen.

Also, das war nun komisch. Ich trinke einen kräftigen Schluck und schweige einen Augenblick. Der Schwefelgeruch nimmt immer mehr zu. Ich weiß ja, dass John ganze Prozesse gegen die TV-Anstalten, Radiosender und Zeitungsredaktionen geführt hat, weil sie angeblich eine Hetzjagd gegen ihn betrieben hatten. Nach diesem Verschwinden, während eines harmlosen Spaziergangs. Auch die Polizei hatte ihn verdächtigt. Irgendwann später, Tage oder Wochen, ich weiß es nicht mehr, war er wieder aufgetaucht, konnte seinen Blackout aber nicht erklären. Demenz oder Absicht? Was vertuschte er? Die Umstände seines Verschwindens blieben jedenfalls eigenartig. Kein Wunder, dass Spekulationen aufkamen. Immerhin hatte sich ja auch seine Lebensgefährtin rechtfertigen müssen, man hatte Harriet sogar verdächtigt, ihn umgebracht zu haben. Ein oberschlauer Ermittler sagte: Vielleicht war ihr Begleiter schon tot, bevor sie zu diesem mysteriösen Spaziergang aufbrachen, wie? Man muss sich das vorstellen, Harriet saß sogar zwei Nächte in U-Haft! Und John taucht nach einer Anwesenheitspause wieder auf und sagt: Schöner Tag heute, nicht wahr! Und er findet auf Fragen keine plausiblen Antworten.

Mein Gegenüber blickt an mir vorbei. Hinter mir ist wohl was Tolles im Gange. Er sagt nichts.

Ich sage: Egal. Es wäre schön gewesen. Wir hatten so viel Hoffnung und Pläne. Nachdem die Stadt kaputt war, setzten wir alles aufs Landleben. Aber diese Region hier ... ob mit oder ohne Lesung ... Es gibt ja nur Wiederkäuer. Wer wirklich was kann, der wird runtergezogen. Ich mach das nie wieder. Lieber löse ich mich völlig in Rauch auf.

Bestellen wir noch was?

Sorgt Harriet sich denn nicht, wenn du so lange wegbleibst? Sie weiß ja, dass du nicht gesund bist. Und ich will mich nicht ihren Vorwürfen aussetzen.

Harriet ist ganz was anderes.

Ja, schon. Aber ist sie seit damals nicht ziemlich empfindlich?

Ich könnte dir was erzählen, aus dieser Zeit, da würde dir die Luft wegbleiben. Aus der Zeit dieses dämlichen Spaziergangs – und übrigens auch deiner Lesung. Im Herbst. Es geht ums Verschwinden, das ist klar.

Immer verschwindet etwas.

Ja, aber auf dem Land ist das echt erschreckend, denn

vorher, als es noch da war, sah jeder die Konturen weithin und überdeutlich, in ihrer Einzigartigkeit.

Es bleibt eine Leerstelle, das ist klar.

Aber ich war ja nicht nur weg – niemand ist irgendwann einfach nur weg, nur weil man ihn nicht mehr sieht! Man ist immer irgendwo, und man erlebt was. Jedenfalls ist auch danach einiges passiert, und es hat sich immer mehr gehäuft. Seltsame Sachen. Unabhängig von den Jahreszeiten.

Das bleibt nicht aus, wenn Städter plötzlich den Spleen entwickeln, aufs Land ziehen zu wollen. Sie machen sich doch gar nicht klar, dass sie in einen fremden und feindlichen Erdteil ziehen.

Aber dass es so schlimm kommt!

Zum Glück ging ja doch noch alles gut aus …

Wie bitte? Einige sind echt auf der Strecke geblieben!

Übertreib nicht!

Ich kann sie aufzählen! Ich habe sie nicht vergessen!

Aber du bist ja der Erzähler. Also lassen wir das lieber.

Jedenfalls – das war schon was, damals!

Rosskopf

Frauen verlassen ihre Männer. Männer verlassen ihre Frauen. Und die Folgen sind verheerend. Und wenn sie bleiben? Dann wird es noch schlimmer. Dann lässt sie sich mit einem säftestrotzenden Jasmingehölz ein. Dann kriecht er seiner balzenden Katze hinterher. Dann bringt sie ihn um.

Ihr glaubt, hier auf dem Land gibt es so etwas nicht? Weil wir ja alle mit unseren Riesenfrustrationen und Ansprüchen aus der Stadt geflüchtet sind, neue Sichtweisen einnehmen, ganz neue Problemfelder ausprobieren wollten und das kleine Glück im Garten suchen? Weil die Leute vom Land allesamt Menschen mit ihren ureigensten Eigenschaften sind und nichts Geborgtes haben? Weil wir bereit waren, eine ganz neue Sprache im Umgang mit der Landbevölkerung zu lernen und aus diesen Gründen jetzt etwas anderes erwarten können?

Das alles stimmt zwar. Aber ehrlich gesagt, es stimmt nur irgendwie.

Denn wir wollten zwar noch mal ganz von vorn anfangen, ganz ohne Ballast. Aber sind wir wirklich nicht mehr die Alten, sondern die ganz Neuen? Schleppen wir nicht einfach nur die Stadt aufs Land?

Vielleicht sind nicht die Leute vom Land das Problem. Sondern wir sind es. Oder alles zusammen? Und die Natur gibt uns den Rest?

Ich sehe schon, das glaubt ihr nicht.

Dann erzähle ich euch mal was.

Nach einer unruhigen Nacht bin ich im Morgengrauen ans Fenster getreten und sah, dass der Teich in unserem Garten sich in ein Gehirn verwandelt hatte.

Geahnt hatte ich es schon immer. Denn so, wie wir uns jede Nacht im Bett wälzten, den Schlaf herbeisehnten und nicht zur Ruhe kamen, immer in Bewegung blieben, so als schaukelten wir auf phosphoreszierenden Wellen durch die Dunkelheit, musste dort draußen etwas im Gange sein. Hörten wir im Rauschen der Quellen nicht sogar Stimmen, die aus dem Wasser zu kommen schienen?

Man hatte uns gewarnt. Geister waren hier gesehen worden, irrlichternde Wesen, die über dem Wasser schwebten, Gedanken ohne dazugehörende Köpfe, Worte ohne Münder, aber mit einer Art Sprache, als riefe jemand aus der Ferne, kraftlos zwar, aber deutlich zu hören – etwas war da. Und raubte uns Schlaf und Zuversicht.

Der Teich war tief. Wir hatten uns seit dem Einzug in das alte Fachwerkhaus gefragt, was alles auf seinem Grund liegen möge. Der Teich war seit dem Ende des letzten Krieges nicht mehr ausgehoben worden. Etwas konnte auf seinem Grund liegen und sich nun zeigen wollen. Etwas Neugieriges, vielleicht etwas Gemeines, womöglich aber auch etwas Schönes. Es drängte jetzt endlich aus eigener Kraft und mit ungeduldigem Willen herauf. Bisher hatten wir alles sich selbst überlassen, aus Gedankenlosigkeit, aber auch aus Furcht, draußen auf etwas Beunruhigendes zu stoßen. Man hatte das offensichtlich registriert.

An diesem Morgen ging gerade die Sonne auf. Die ersten Strahlen tasteten über die Hügelkuppen, Tentakel aus Licht, die alles berührten. Jetzt umfassten sie schon die tiefer gelegenen Baumkronen, dann das abgefallene Laub, schließlich stießen sie in das dunkle Wasser. Und der Teich schien zu erwachen.

Es gab Geräusche. Zwei Elemente begegneten sich augenscheinlich dort unten am Grund, die sich gegenseitig zum Leben erweckten. Wo vorher nur gestaltloses Abwarten gewesen war, ein kraftloses Verharren, brach jetzt etwas ganz Neues auf. Das hatten wir wohl bisher bewusst überhört und übersehen. Warum wollten wir nicht wahrhaben, was sich hier in unserem Garten jedes Frühjahr schon immer angekündigt hatte? Diese Energie der Natur – sie gibt ja keine Ruhe und durchkreuzt jeden menschlichen Plan. Ich machte mir Vorwürfe. Immerhin stand ich doch jeden Morgen am Fenster und schaute streng hinaus. Bisher hatte ich nur einen harmlosen Garten gesehen, Buschwerk, Wiesen, einen kleinen, fast kreisrunden Teich aus schwarzem Wasser, allerdings mit Ausbuchtungen dort, wo die Schädelform dies zuließ.

Ich rief nach meiner Frau. Sie stand auf und trat zu mir. Ich spürte ihre Wärme neben mir. Eine lange vermisste Wärme. Ich legte meinen Arm um ihre Schulter. Schau, sagte ich. Hörst du es nicht? Ja, erwiderte sie, natürlich, schon die ganze letzte Zeit. Ich vergaß, was ich sagen wollte. Ich habe es für mich behalten, fuhr sie fort, ich wollte nicht, dass du dich beunruhigst.

Ich war verdutzt, dann beschämt. Konnte es tatsächlich sein, dass ich, der sich zugutehielt, ein besonders empfindlicher Zeitgenosse zu sein, wesentliche Lebensäußerungen draußen und drinnen nicht wahrgenommen hatte? Dass meine Sinnesorgane dafür nicht ausreichten?

Jetzt fiel es mir ein. Meine Frau hat mir oft vorgeworfen, doch gar nicht mehr anwesend zu sein, längst abgeschaltet zu haben, dicht zu machen. Ja, so drückte sie es gewöhnlich aus. Ich lachte nur darüber. Denn in meinen Augen bin ich derjenige in unserer Ehe, der die Wahrheit liebt, sie ausspricht und die Dinge am Laufen hält. Erst letzte Woche war doch ich es gewesen, der versucht hatte, sie zum Nachdenken darüber zu bewegen, was uns überhaupt noch verband. Ich war es doch, der den Überblick behielt, der es besser wusste.

Es lebt, sagte sie. Schau doch, wie es sich bewegt. Ich spüre schon lange, wie es mich beeinflusst. Warum hast du nie davon gesprochen, fragte ich. Sie lachte nur. Mit welchen Worten denn, fragte sie und blickte mich von der Seite an. Ich hätte ja schreien müssen.

Ich spürte, wie sie log. Denn das konnte doch nicht sein, dass sie auf meinem ureigenen Gebiet, der Menschenkenntnis, besser war als ich. Dass sie mehr wusste. Ich wollte es sagen. Aber sie kam mir zuvor. Sie sprach jetzt, wie ich sie lange nicht hatte sprechen hören.

Wir haben unser Leben aus der Hand gegeben, sagte sie. Deshalb geschieht das da draußen. Diese Kraft da, diese Kraft, ist entstanden, damit wir uns erinnern. Erinnern, fragte ich, schon verärgert, woran denn? An unsere Versprechen, sagte sie. Wir hatten es uns doch versprochen. Was denn, fragte ich. So vieles, erwiderte sie, ach, so unendlich vieles, und wir haben es nicht gehalten. – Und jetzt werden wir durch dieses ... durch dieses Wesen da draußen, daran erinnert?, sagte ich mit spöttischem Ton. Ja, glaubst du etwa, sagte sie, das sei kein lebendiger Organismus; das da draußen, sei eine bloße Einbildung? Es ist da. Es denkt für uns. Es weist uns jetzt unseren Platz zu und legt das Strafmaß fest.

Ich hatte das Gefühl, in diesen wenigen Sätzen hausten Jahre. Was war nur geschehen? Aber ich war doch dabei gewesen! Wir hatten es doch gemeinsam gemeistert, sie und ich, unser Leben, die Krankheiten, die Eifersucht, diese ganzen Abgründe, wenn man plötzlich keine Antworten mehr vom anderen erhält und schließlich schweigt. Wir hatten das doch Seite an Seite erlebt!

Nein, sagte sie. I c h war hier. D u warst nicht hier.

Ich muss raus, sagte ich. Ich muss nachsehen, was da los ist.

Nein, rief sie. Komm dem da nicht zu nahe. Glaub mir, es ist gefährlich. Der Teich ist durchaus bösartig, er setzt sich an die Stelle von allem anderen, die Fische sind schon weg.

Ich habe dir nie zugetraut, sagte ich verächtlich, dass du die Realität richtig einschätzen kannst. Jetzt erweist es sich. Ich gehe raus. Wir werden ja sehen, was da los ist.

Ich ging durch die Türen, betrat den Garten, und sah sie drinnen am Fenster stehen. Ihre ganze Gestalt, die ich einst so geliebt hatte, versank im Spiegel des Fensters in sich selbst. Sie hob die Hand und deutete mit angestrengtem Gesicht auf eine bestimmte Stelle des Teiches, wollte mir etwas sagen, aber ich verstand die Geste nicht und hörte kein einziges Wort. Ich drehte mich wieder zum Teich um. Und dann sah ich das Licht über dem Wasser. Es hob und senkte sich. Und der Teich bildete weiter sein Gehirn aus, schon konnte ich die beiden unterschiedlichen Hälften deutlich erkennen, den Kortex der Großhirnrinde, wo der Ich-

Bereich sitzt, die Liebeszone. Diese rechte Gehirn-hälfte mit der Inselrinde wuchs schneller, der Sitz der Lieder und Melodien, der Sitz der Bilder und des subjektiven Gefühls. Darauf hatte sie wohl so entschieden deuten wollen. Dagegen schrumpfte die linke Hälfte eher, wo Logik, Fakten und Deduktionen beheimatet sind, dort kenne ich mich aus. Ich sah in den Gängen und Windungen der beiden Gehirnhälften die Jagd der Impulse, mit denen unser Leben seine Schrift bekommt.

Obwohl ich mich benachteiligt und missverstanden fühlte, wollte ich nicht aufgeben. Ehrlich gesagt, zog es mich auch an. Es rief mich zu sich. Wie überwältigend es war. Es war stärker als Wissen, sogar stärker als Liebe.

Ich wusste plötzlich, dass ich nicht mehr zurückkonnte.

Ich drehte mich noch einmal zu ihr um. Aber sie stand nicht mehr am Fenster.

Ich war draußen.

Harriett, Mausi, Herbert, Erika Jaeckel, Elke, Klaus, Lucie, Johann-Peter Rosskopf, Renate, Erdmuthe und Bobo, Karin und Erwin – alle

Das ist wirklich so. Ganz ohne Spaß. Wir hier auf dem Land sind die Avantgarde. Für alles, was Scheiße ist. Für alles.

Das können sich Städter nicht vorstellen. Früher

konnten wir uns das selber nicht vorstellen. Wir dachten, das Landleben ist das Paradies.

Käsekuchen! Käsekuchen!

Neulich kam einer und behauptete, wir lebten doch hier im Glück. Jeder liebt jeden. Und alle sind Wiederkäuer. Das war natürlich ein unglaublich komischer Scherz. Wir lachten alle herzlich darüber! Herzlich darüber!

Aber im Ernst. Ich beginne, über diesen und jenen Punkt nachzudenken.

Beispielsweise über die Liebe.

Ich weiß nicht, ob Liebe auf dem Land eine Rolle spielt. Vermutlich. Aber sie scheinen auch ohne Liebe zurechtzukommen. Sie können irgendetwas und tun irgendetwas. Und das Leben geht weiter. Sie nehmen die Herausforderungen an und versuchen einfach nur, sie zu erfüllen.

Für meinen Geschmack orientieren sich die Landbewohner zu sehr an den Standards der Stadt. Oder an dem, was die populären Medien als Standards ausgeben. Und insgesamt beschäftigen sie sich nur mit dem, was ihnen in der Bewältigung des Alltags unmittelbar nutzt. Alles andere bleibt auf dem Weg liegen, wie abgefallenes Laub. Vor allem die schönen Dinge der Kultur, Musik, Literatur, der Bilder. Das ist in ihren Augen überflüssiges Zeug, das weggekehrt werden kann.

Das ist schwer zu ertragen. Wenn man auf dem Land von Musik spricht, meint man Blasmusik. Wenn man von Literatur spricht, meint man Bücher über ländliche Trachten. Wenn man von Filmen spricht, meint man „RoboCop 4". Wenn man von Malerei spricht, meint man buchstäblich den röhrenden Hirsch in Öl.

Noch mehr Publikumsbeschimpfung?

Ich weiß schon, man muss das alles differenzieren!

Aber selbst wenn ich das tue, dann bleibt übrig, dass jeder auf das Leben antworten muss. Jeder Kreative tut das. Auf dem Land haben die Leute keine Antworten. Sie halten Schritt mit dem, was da ist. Sie sind es nicht gewohnt, gefragt zu werden, also können sie auch keine Antworten geben. Ich habe es schon erwähnt: Man muss ihnen an der Nasenspitze ansehen, was sie meinen. Antworten haben sie allerhöchstens im körperlichen Bereich – beim Schuppen bauen, Grillen, Krankheiten in Schach halten, Kinder kriegen, bei Sport und Wandern.

Sie leben immer nur weiter, das frisst ihre ganze Energie auf. Deshalb sind sie mit Angeboten aus dem geistigen Bereich überfordert, mit Büchern, Bildern, schöner Musik. Damit können sie nichts anfangen. Erst wenn man sie davon überzeugen könnte, dass aus dem geistigen Bereich Hilfe für sie käme, die ihnen das Leben erleichtert, dann könnten sie sich öffnen. Aber wie könnte diese Hilfe aussehen?

Nur eine Handvoll Menschen sind auf dem Land auch für die geistigen Dinge ansprechbar. Sie sind weit verstreut. Aber immerhin gibt es sie. Ich hoffe, sie warten darauf, angesprochen zu werden. Man muss sie sorgsam zusammenkehren – wie abgefallenes Laub.

Einige von uns Stadtflüchtlingen haben den Sprung

aus der Stadt gut überstanden. Sie sind über den Fluss gesprungen und sofort am anderen Ufer gelandet. Dort haben Menschen sie empfangen, mit denen sie jetzt gemeinsame Projekte machen können. Andere sind auch gesprungen, aber hart gelandet – mit einem Bein im Wasser. Sie müssen sich allein aufrappeln. Es hat sie niemand willkommen geheißen. Sie sahen nur die Rücken der Weggehenden.

Es war jedoch einen Versuch wert. Es wäre schön gewesen.

Tatsache ist aber Folgendes: Wenn du in die Fänge der Mischpoke dieses Ortes gerätst, dann hast du verloren. Du hast verloren als Mensch, du hast verloren als Liebender, du hast verloren als jemand, der etwas wahrnimmt. Du hast insgesamt verloren. Sie zeigen dir, dass du dich auf sie eingelassen hast, sie zeigen dir, dass sie jetzt den Daumen drauf haben, sie weisen dir deinen Platz zu.

Sie können nochmal was einreichen, sagt der eine zu mir und lehnt sich in seinem Bürosessel zurück, aber sie müssen drei Jahre warten.

Ja, schon, sage ich.

Oder vier, sagt er.

Das glaube ich dann doch nicht, sage ich.

Er blickt mich beleidigt an. Er rümpft die Nase. Ich glaube nicht, dass er mich sieht. Seine Augen haben keine Pupillen. Er sieht lediglich eine Kontur, eine Art aufgehängter Jacke auf einem Kleiderbügel, die langsam heruntergleitet. Das gefällt ihm dann doch. So muss es sein, denn er ist nicht gewohnt, etwas zu respektieren. Wenn er etwas gewohnt ist, dann, seinen täglichen Tritt zu kriegen. Heute hat er ihn schon bekommen, er lehnt sich deshalb in seinem Bürosessel zurück und sagt: Sie müssen drei Jahre warten. Oder vier. Dann vielleicht.

Solche Menschen gibt es. Und solche wie mich. Wir brauchen uns.

Ich sitze in meinem Gartenhaus und schaue raus. Mein Computer läuft. Ich schreibe. Draußen laufen fünf Alte vorbei. Alle unförmig, in schlecht sitzender Kleidung, alle mit komischen Mützen oder Kopftüchern. Sie laufen im Gleichschritt hintereinander, wie diese Comedians an der Bühnenrampe. Aber sie meinen es ernst. Ihre Stöcke schwingen im Takt. Hinter ihnen der blaue Himmel, denn sie laufen ganz oben auf dem schmalen Grat zwischen Wiese und Grab. Jetzt drehen sie alle gleichzeitig den Kopf und blicken zu mir herüber. Sehen sie mich? Ich glaube nicht. Ihre Augen haben keine Pupillen, sie gehören irgendwie zur Familie des Typen im Bürosessel. Sie drehen nur den Kopf in meine Richtung, marschieren im Takt weiter und blicken. Dann blöken sie lang anhaltend wie Stallvieh und verschwinden langsam aus meinem Blickfeld. Hinter ihnen richten sich seufzend wieder die Gräser auf.

Sie sind es, die durch diesen elenden Ort marschieren. Sie geben den ehrenamtlichen Ton an. Vorlieben haben sie nicht, Interesse an nichts, außer vielleicht daran, einen weiteren Tag lang triumphierend ihre Stöcke zu schwingen. Wir leben noch, und wie! Sie können nichts. Aber wenn einer sich richtig anstrengt und was wagt, haben sie sofort eine Meinung. Taugt ja nichts, Chance vertan, hätte man besser machen können.

Wer denn?, frage ich.

Jeder von uns, der sich drangesetzt hätte.

Aber es war doch einen Versuch wert, will ich sagen, ich habe mein Bestes gegeben.

Wer braucht so was schon, rufen sie zurück, schon von weitem. Und sie verschwinden von der Straße. Gehen in ihre winzigen Wohnungen, starren aus ihren pupillenlosen Augen gegen die Wand und beten, dass sie noch einen Tag länger leben. Am nächsten Morgen kramen sie ihre Stöcke heraus und los geht's wieder.

Aber ich bin selber schuld. Das gebe ich zu. Ich habe so getan, als gehöre ich hierher. Ich habe so getan, als hielte ich es für einen Versuch wert. Sie sagen: Jetzt sind sie ja wohl stolz, wie? Weil der Ortsvorsteher mir zum Geburtstag gratuliert hat. Oder weil ich in der Zeitung eine Notiz auf der Seite der Vereine bekommen habe. Jetzt haben sie mich. Jetzt kann ich mich nicht mehr bewegen.

Oder nehmen wir Dino, der manchmal ihren Weg gekreuzt hat. Der mit ihnen ein Theaterstück proben wollte. Was haben sie ihn hängen lassen! Er schreibt sie an wegen der Proben, sie schweigen zurück. Als er schon ganz fertig war, gedemütigt, kamen sie, freundliche Leute, ganz nett, ganz harmlos. Und haben zu proben angefangen. Und er musste mitmachen.

Ich war dabei. Ich habe das ein paar Mal beobachtet.

Wie sie in den Probensaal kamen, schon in der Eingangstür lärmend, obwohl die Bühne noch dreißig Meter entfernt war! Wie sie ihre Flaschen mitbrachten und tranken, während sie sich näherten! Dino begrüßten sie mit einem wortlosen Nicken, aber untereinander rissen sie Witze und verständigten sich, als seien sie die dicksten Kumpel. Als würden sie heute Abend, genau ab jetzt, einen draufmachen.

Ich kenne sie inzwischen alle.

Kurt, der immer schwitzt, weil er die Ställe von Scheiße reinigen muss. Das ist noch der Gutwilligste. Seine dicke Mutter, die gern ihre Röcke lüftet, immer lachend über nichts. Ihre Tochter in Tracht, der die Viecher auch ins Gehirn geschissen haben. Die kleine, fette Doris, immer fressend, dumm wie sonst was, frech wie Rotz. Die Vorsteher vom Förderverein, die nie ein Buch gelesen haben, aber haargenau wissen, wie man eins schreibt. Der Traktorist, der über seinen dünnen, immer zuckenden Sohn lacht und sein Gewehr durchlädt, das er unter seinem Fahrersitz bereithält. Der Techniker, dessen Frau und Kind und Hund du hofieren musst, damit du einen Fuß in das Dorf setzen darfst.

Dagegen ist der Reserveleutnant der Bundeswehr fast schon ein Intellektueller, er kommt zu den örtlichen Sitzungen mit Papieren voller handgeschriebener Notizen, wenn es was zu organisieren und einzuteilen gibt und wenn für das leibliche Wohl gesorgt werden muss.

Du kannst nichts machen. In keine Richtung. Du könntest Freibier spendieren, sie würden höchstens fragen: was denn, und kein Schnaps? Du könntest den Literaturnobelpreis kriegen, dann würden sie höchstens nach dem Altmetallpreis der Medaille fragen. Vielleicht würden sie kurz die Luft anhalten, wenn du einen umbringst. Es wäre einen Versuch wert. Aber sonst? Wie es neulich einer ausdrückte: Du bist höchstens Dünger in ihren Augen. Dünger. Wenn du vorbeigehst, machen sie die Stalltür auf.

Jedenfalls kannst du nicht an ihnen vorbei.

Du musst durch sie durch.

Lucie

Lucies Blicke verloren sich in den wild bewegten Baumkronen. Eine Erregung sondergleichen fuhr durch die Natur. Und auch die Menschen schienen sich davon mitreißen zu lassen. Die meisten, die in ihrem Blickfeld waren, beugten sich, reckten sich, drehten sich wie Tänzer, reichten Dinge von Hand zu Hand, sie vollführten enthusiastische Bewegungen wie die städtischen Beauftragten, deren Foto sie am Morgen in der Zeitung gesehen hatte. Männer in dunklen Anzügen, die mit Schaufeln den Aushub aus dem Boden rissen und in die Luft schleuderten, um ihre Entschlossenheit zu zeigen. In der ausgehobenen Erde würden die Betonbänder der neuen Flugzeuglandebahnen hinter dem Ortsrand entstehen. Hier jedoch ging es um nichts, und so waren auch die Mienen der Menschen weniger triumphierend als bei den Beauftragten, für die es um alles gegangen war. Sie ließ ihre Blicke vom Spalier der erregten Bäume herunterwandern, dorthin, wo die Ausstellungshalle geöffnet war und der Regen wie ein nasser Vorhang fiel, davor die Menschen mit den Waren, die sie zu beiden Seiten des Mittelganges von Regal zu Regal trugen, prüften, zurücklegten oder im Einkaufswagen verstauten. Arme und Hände wie Äste und Zweige, mitten im Wind, Körper tanzend wie zu einer unhörbaren Musik.

So viel sichtbare Leidenschaft machte sie schwindlig, vielleicht durch ein Schuldgefühl, und sie musste sich gegen eine Schrankwand mit Übertöpfen lehnen! Sie selbst hatte vor kaum einer Stunde im Angesicht des Todes weniger Erregung gespürt. Aber es war auch nur um etwas gegangen, das sowieso zu Ende war. Es hatte einfach aufgehört, und *er* hatte sich davonmachen wollen.

Sie hatte ihn gewarnt. Er stand natürlich auf der falschen Seite, und es war beiden klar, wenn er bei *den Anderen* mitmachte, würden sie kein Paar mehr sein, er lachte nur darüber. Dann hatte er sich angezogen.

Noch am Abend zuvor hatten sie lange darüber gestritten. Und sie war entsetzt gewesen, wie kalt er war. Als sie weinte, lachte er. Ein kleines Haus, ein nicht viel größerer Garten! Mach dir klar, sagte er, dass es hier um den Vorteil einer ganzen Region geht! Ja, vielleicht um die Zukunft des flachen Landes! Jeder muss sein kleines Opfer für die Allgemeinheit bringen.

Wenn du jetzt gehst, ist es aus, hatte sie gerufen. Er

hatte erneut gelacht. Es gäbe andere Frauen! Frauen mit größeren Häusern und Gärten! Denkst du, sagte er mit einem hässlichen Ausrutschen in seiner schönen Stimme, ich lasse mir die Prämien entgehen! Auch du wirst zur Vernunft kommen! Eines Tages werden Jets über deinen Garten fliegen, und du wirst ihnen friedlich entgegenblicken und fröhlich hinterherwinken! So ändern sich die Zeiten!

Es gäbe etwas wie Vertrauen, hatte sie eingewendet. In der Liebe müsse man sich aufeinander verlassen können. Man könne unmöglich auf Dauer in verschiedenen Lagern stehen. Ihr Lager sei dumm, sagte er. Voller blöder Idealisten. Die machten sich schon in die Hosen, wenn sie versehentlich auf eine Ameise träten. Und in deinem Lager stehen die Beauftragten, erwiderte sie, die ihre Spaten in jeden fremden Garten stechen, wenn sie einen vergrabenen Schatz wittern.

Wieder tauchte vor ihrem geistigen Auge das Zeitungsfoto auf. Rote Backen, aufgerissene Münder, begeisterte Männer mit leuchtenden Augen und braune, fette Klumpen von Muttererde, die von den Spaten wie unförmige Flugkörper in Richtung der Fotografen flogen. Den Hintergrund füllte das vergrößerte Bild des zukünftigen Areals aus, eine abgeholzte, farblose Wüste mit dem Beton der Abfertigungshallen. Alles auf diesem Bild schien in Siegeslaune.

Dann geh doch, hatte sie geschrien. Und gleich darauf gebettelt, nein um Gottes Willen, bleib! Man könne nicht so herumlavieren, hatte er gesagt, entweder – oder. Sein Platz sei nicht mehr hier.

Vom Rest wusste sie nicht mehr viel. Ein traumwandlerischer Griff hinter sich, wo sie den Mörser aus schwarzgrauem Granit auf der Küchenablage wusste, ein Schlag im richtigen Moment. Viel Blut, das allerdings, ja. Aber es war so, als habe es nichts mit ihr und ihm zu tun. Es färbte die Tapete, dort wo er gestanden hatte. Und sie ging einkaufen.

Erst unterwegs merkte sie, welches Unwetter herrschte, das noch immer von den Bergen herunterzog. Ohne Schirm, mit hochgeschlagenem Kragen erreichte sie das Gartencenter, das in einem Wiesental zwischen zwei Ortsteilen lag, dem Gelände eines ehemaligen Hessentages. Klatschnass trat sie ein, es berührte sie nicht. Im Mittelgang war viel Verkehr, ein endloser Strom von Einkaufswagen in beiden Richtungen.

Es roch nach Natur, sie genoss die frische Landluft, die durch die geöffnete Glasfront von draußen hereinwehte. Wieder blickte sie in die wild bewegten Baumkronen. Kastanien und Obstbäume, deren Blüten gerade gefallen waren. Und auch die Menschen wie Blüten, die fallen werden. Sie wurde allmählich ruhiger. Als sie ihren Einkaufswagen mit Geranien vollgestellt hatte, einige Pflanzen aufrecht in Töpfen, andere hängend, alle rot und dunkel und nass tropfend, wusste sie einen Moment lang nicht, wohin. Aber dann machte sie sich klar, weshalb sie hier war und beschloss, als Erstes die Tapete zu reinigen. Erleichtert schritt sie zur Kasse.

Sie würde die Pflanzen aus den Töpfen nehmen und sie dicht über ihn einpflanzen. Den Zaun entlang, eine rote Reihe im hinteren Garten, kaum länger als in Menschengröße. Genau davor würde sie die neue weiße Gartenbank aufstellen. Wenn sie dort an den warmen Abenden saß, konnte sie die aufsteigenden und landenden Flugzeuge am besten beobachten.

Und ja, er hatte schließlich recht gehabt, sie gestand es sich ohne Groll. Wenn nur genug Gras über die Sache gewachsen war, würde sie den glitzernden Leibern der Jets im schräg einfallenden Sonnenlicht friedlich entgegensehen, und sie würde ihnen dann auch fröhlich hinterherwinken.

Josef-Michael

Der Busch vor ihm bewegte sich, ohne dass er den Grund dafür erkennen konnte. Es war windstill. Die Natur wartete ergeben auf den Frühling. Vielleicht strich eine der unzähligen Katzen durchs Gelände, oder es war seine eigene Katze, die er in einem Anflug von absurdem Sinn, der ihn auszeichnete, *Mausi* nannte. Er stand regungslos, starrte auf das Gelände vor ihm, nichts rührte sich.

Sie schlief in seinem Bett, seit seine Frau ihn verlassen hatte, immer am Fußende, zusammengeringelt, manchmal schnarchend, eingewickelt in Katzenträume. Er lag oft wach, hörte ihren Träumen zu oder lauschte nach draußen. Manchmal waren von dort Laute vernehmbar, die er lieber nicht hören wollte, darunter ein Knurren, das nicht hierher passte. Rund um das Haus lag eine einsame, wilde Landschaft ohne Ansiedlungen, dunkle Wälder, bewohnt von Tieren, deren Fußspuren er manchmal morgens in seinem Garten sah. In diesem Teil des Landes galten keine Grenzen, Zäune waren stets sofort eingerissen worden.

Es war nicht einfach, hier zu leben.

Aus irgendeinem Grund gelang es ihm nicht weiterzugehen. Der Traum aus der Nacht ergriff von ihm Besitz. Darin hatte er mit seinem Verleger gekämpft und am Ende blutig triumphiert. Es war abscheulich gewesen. Das sollte sich nicht wiederholen, und er spürte sogar den Impuls, sofort anzurufen und zu erfragen, ob es dem Mann gut gehe. Er brauchte ihn ja noch, auch wenn es schien, als hätte dieser beschlossen, nichts mehr für ihn zu tun. Aber weil er sicher sein konnte, dass es sich nur um einen Traum gehandelt hatte, unterließ er es. Er stand da. Starrte auf das Buschwerk.

Wieder diese Bewegung. Diesmal zögernder.

Er reckte den Hals, versuchte, hineinzusehen in diese noch braune, fahle Natur, die erst in wenigen Wochen zur grünen Hölle werden würde. Am Boden, im Wurzelbereich mochten sich Kleintiere regen, darunter die andere Welt der Kriechenden, der Wimmelnden, der Summenden. Auf den noch kahlen Ästen und Zweigen strichen winzige Wesen auf haarigen Beinen entlang und sahen ihn an. Eine Katze erblickte er nicht. Und auch als er ihren Namen rief, blieb alles ruhig.

Aber nun rührte sich das Buschwerk wieder, diesmal stärker, ein Wirbel entstand, der den abgelebten Rho-

dodendron vor ihm heftig schüttelte. Die wellenförmige Bewegung hielt an, die fleischigen Blätter der
Pflanze, die den Winter überlebt hatte, zitterten wie
aus innerer Erregung, und als er sich vorbeugte, bereit,
sich auf jeden Anblick einzulassen, denn in seinem Alltag jenseits der elektrisierenden Stadt hauste die entmutigende Langeweile, da sprang es ihn an.

Er sah es kommen und ließ es geschehen. Er wusste
mit glasklarem Verstand, etwas Besseres als das, was
jetzt geschehen würde, gab es in seinem Leben nicht
mehr.

Johann-Peter

Man kann hier klarkommen. Das Landleben ist möglich. Denn die Städte gibt es ja nicht mehr.

Man muss das klar sagen. In den Städten lebt niemand mehr, der es wert wäre. Wir scharren uns auf
dem Land zusammen. Mit reichlich Abstand natürlich.
Und wir alle wissen, was jetzt zu tun ist.

Neulich sagte jemand im Fernsehen, dass es in ganz
Europa keine Meister mehr gibt. Das ist wahr. Auf meinem letzten Rundflug habe ich es selbst festgestellt. Es
war eine krasse Erfahrung.

Diesmal lag der ganze Kontinent unter mir. Ich sah es
deutlich genug von oben. Und ich erschrak, das muss ich
zugeben. Es scheint wirklich, als gäbe es in Europa keine
wirklichen Meister mehr.

Ich machte mir Notizen, dann auch Fotos. An einen

solchen Anblick konnte ich mich nicht erinnern. Bisher schien alles im Lot zu sein, abgesehen von kleinen Irrtümern. Was haben wir falsch gemacht?

Wir hatten sie alles geduldig gelehrt. Auf den Wiesen im Frühnebel, an den langen, warmen Abenden, bei denen wir über die Flüsse blickten und die Umrisse der Berge bewunderten, versammelten wir uns mit allen ihren Tieren. Unsere Feste verliefen glücklich, wir tranken und tanzten, wir lasen die alten Texte aus den würdevollen Büchern, es war eine gemeinsame Erinnerung da, wir errichteten Monumente und beteten die besten unserer großen Geister an. Wenn die Exerzitien gelungen sind, vollziehen sich auch die Abschiede sorglos, wir versicherten uns der Treue, unsere Liebe war unverbrüchlich. Plötzlich ist keine Verständigung mehr möglich, sie haben sich zurückgezogen. Sie wollen nichts mehr hören.

Wenn man die Meister umbringt, bleiben die, die sich verschanzen, die mit Befehlen und schriftlichen Anweisungen regieren. Hören sie auf ein gemeinsames Kommando? Wer leitet sie? Woraus schöpfen diese Wesen Kraft zum Leben?

Von oben her sieht man sie deutlich. Wir gaben ihnen Kleider, aber jetzt sind sie nackt, ihre Haut glänzt feucht, sie laufen in Scharen davon. Beim ersten Lichtstrahl verschwinden sie in ihren Unterkünften. Dort stehen sie in Reihen, innerlich vibrierend, versunken in einen unruhigen Schlaf, der eher einem gelähmten Wachzustand gleicht, ihre Laute gleichen mühsam unterdrückten Aufschrein, sie pressen die

Lippen zusammen. Aber ist die Sonne versunken, löst sich die Erstarrung, und sie springen kreischend in die Nacht, Bewegung ist ihnen alles. Aber wohin treibt es sie? Und mit welchem Plan?

Das ist von oben herab schwer zu erkennen. Man sieht sie herumirren. Vielleicht sind sie nur auf der Suche nach Nahrung, vielleicht ist es mehr, möglich, dass sie gewisse Absichten hegen und umzusetzen versuchen. Aber ein wirklich Überlebender ist nicht zu erkennen, er mag sich vor den anderen verstecken. Wenn es einen gibt, sammelt er vielleicht im Verborgenen Kraft und erscheint eines Tages, um sie zu leiten.

Wie hatte es dazu kommen können?

Vielleicht lag der Fehler darin, sie zu lange allein zu lassen. Man hat ihnen nichts mehr erzählt von der Natur, von der Erde. Ihnen nicht, ihren Kindern nicht. Sie beschmutzten ihr Land, höhlten es aus, streuten ihr Gift, weil es Reichtum versprach, gewöhnten sich an alles, schließlich fraßen sie Papier. Die Schönheit ihrer Heimat sahen sie nicht mehr. Und als wir endlich begriffen, was dort unten geschah, war schon alles zu spät. Es gab niemanden mehr, der sich erinnern konnte. Die Meister waren tot. Und die Wesen eroberten die Straße, stellten ihre Regeln auf, die von abends bis morgens gelten.

Entweder wir geben sie auf, lassen sie allein, oder wir greifen ein. Noch ist kein Beschluss gefasst. Die Aufgabe erscheint zu schwierig, zu bizarr. Sie haben ja längst ihre Sprache verlernt. Es gibt buchstäblich nichts, woran wir sie erinnern könnten. Aber allein gelassen werden sie ihr Land verwüsten, sie werden vielleicht den ganzen Kontinent in eine unbewohnbare Ödnis verwandeln, wie es schon frühere Kolonien getan hatten, die wir dort aussetzten. Vielleicht sind sie ja schuldlos, und es liegt an uns, weil wir übersehen haben, dass man diese Erde nicht bewohnen kann. Dann müssten wir uns selbst fragen, warum wir auf der Besiedelung bestanden.

Bis zu einer Entscheidung werden wir sie weiter beobachten. Irgendwann plötzlich ist vielleicht wieder einer da, der zur Hoffnung Anlass gibt, so wie es schon ein paar Mal geschah. Im Morgengrauen steht er plötzlich auf einer Wiese im Tal und schält sich aus dem Frühnebel. Wenn es dazu nicht kommt, müssen wir das Land aufgeben. Und dann vielleicht den ganzen Kontinent.

Hier nahm alles seinen Anfang, und es war hoffnungsvoll, aber nun scheint die Kraft aufgebraucht. Wir müssen darauf vorbereitet sein. Die Zeichen sind eindeutig. In Europa und allen seinen großen Hauptstädten gibt es keine wirklichen Meister mehr.

Renate und Dino

Ich gehe um Mitternacht ins Bett. Schläft sie schon? Gewöhnlich bin ich leise, sie hat einen leichten Schlaf, und wenn ich sie wecke, bleibt sie oft die ganze Nacht lang wach, wälzt sich herum, stöhnt, und am nächsten Tag …

Ich lege mich in Zeitlupe in die Kissen, strampele ein bisschen, aber vorsichtig, bis ich richtig liege, verfange mich in meinem Nachthemd, liege endlich, schließe die Augen. Draußen ist es still, die Pferde der Nachbarin schnauben nur ein wenig.

„Wahrscheinlich bin ich schon eingeschlafen", sagt sie plötzlich mit schläfriger Stimme. Na, hoppla, denke ich und sage: „Schlafen wir weiter, ich bin müde."

„Sag mal", fährt sie fort, und ich merke, wie ihre Stimme allmählich kräftiger wird. „Sag mal, wie machen wir es morgen früh?"

„Ich bin müde, es ist nach Mitternacht."

„Bevor wir aufstehen, sollten wir wissen, wie wir es machen."

„Können wir alles am Morgen nach dem Aufwachen besprechen."

„Ich würde es gern gleich wissen."

„Gut, du brauchst ein Beschäftigungsprogramm für die Nacht", resigniere ich. „Also, ich könnte mir vorstellen, dass du zur Blutabnahme in die Praxis gehst, und ich warte mit dem Frühstück, bis du wieder zurück bist."

„Ich weiß nicht, wie lange es dauert."

„Ich warte, zwischendurch kann ich ja schon mal mit meiner Arbeit anfangen. – Du könntest mir übrigens Tabletten bestellen."

„Dafür brauchst du aber ein Rezept."

Ich drehe mich zu ihr. Ich sehe ihren Umriss gegen die Vorhänge aus weißem Leinen. Im Hof scheint noch ein spätes Licht zu brennen.

„Ich brauche dafür kein Rezept", sage ich. „Das Rezept stellt der Arzt aus, von ihm kriegt es wie üblich der Apotheker. Von dem hole ich die Pillen ab."

„Wie, du brauchst kein Rezept", sagt sie. Sie richtet sich im Bett auf. Draußen fährt ein Windstoß durch die schon kahlen Bäume, wir haben bereits November. „Du brauchst kein Rezept?"

„Nein, ich müsste es ja selbst ausstellen."

Sie stützt sich auf den Ellenbogen, beugt sich in meine Richtung und schaut mich mitleidig an. „Du kannst doch kein Rezept ausstellen!"

„Behaupte ich auch nicht. Ich brauche kein Rezept."

„Wieso braucht man kein Rezept, wenn man Medikamente holt."

„Weil der Arzt das Rezept hat, nicht ich", sage ich müde.

„Du kriegst keine Medikamente ohne Rezept", beharrt sie.

„Der Arzt stellt das Rezept aus oder seine Sprechstundengehilfinnen, nicht ich."

„Aber das ist doch Haarspalterei", erwidert sie. Sie legt sich zurück auf den Rücken und starrt zur Decke. „Haarspalterei ist das doch!"

Ich atme tief aus. „Willst du zum Frühstück ein Ei?"

„Ich weiß ja nicht, wann ich von der Untersuchung zurückkomme."

„Egal, ich warte damit. Ich warte auf dich, obwohl ich morgen viel zu tun habe, vorausgesetzt, wir können jetzt bald einschlafen. – Willst du ein gekochtes oder gebratenes?"

„Ist mir doch egal!", schreit sie und richtet sich kerzengerade auf. „Ich will doch kein Ei von jemandem, der behauptet, ein Medikament ohne Rezept zu bekommen! Das ist doch nervtötend!"

Sie sitzt jetzt wieder im Bett und schaut auf mich herab.

Draußen wird das Schnauben der Pferde lauter. Sie stehen zu viert seit einer geschlagenen Woche in einem engen Gatter ohne Auslauf. Ihre einzige Beschäftigung ist Heufressen und Schnauben, allmählich werden sie aggressiv.

„Renate! Jetzt hör doch mal! Es ist spät, ich möchte gern einschlafen, ich habe morgen viel zu tun!"

„Ohne Rezept kriegst du gar nichts im Leben!"

„Schon möglich. Jetzt will ich schlafen!"

„Ist doch bescheuert, so was zu behaupten! Und dann auch noch zu sagen, du könntest das Rezept selbst ausstellen!"

„Das habe ich keineswegs gesagt, verdammt noch mal! Jetzt hör endlich auf! Es ist mitten in der Nacht!"

„Schrei nicht so! Wer soll uns denn alles hören!"

„Ich brauche kein Rezept, wenn ich zum Arzt gehe, um ein Medikament zu bestellen! Seit Jahren bekomme ich dieselben Pillen vom Arzt! Ich rufe an oder gehe hin, bestelle das Zeug und die Leute in der Praxis stellen das Rezept aus, das sie dem Apotheker schicken! Von dem hole ich die Pillen dann ab! Ich brauche, verdammt noch mal kein Rezept für die Bestellung!"

„Du bist doch vielleicht ein Kretin! So einen

Schwachsinn habe ich ja noch nie gehört!" Sie klopft jetzt mit der flachen Hand auf mein Kopfkissen.

Ich richte mich gefährlich langsam auf – zumindest kommt es mir so vor. „Jetzt hör mal, Renate! Ein für allemal! Nenne mich nicht Kretin, verstehst du? Du schaffst es nicht, mich klein zu kriegen, obwohl du es jeden Tag von morgens bis abends versuchst, wie mit allen anderen, nur weil du dich selbst klein fühlst! Das schaffst du einfach nicht, verstanden! Also lass es!"

„Ich habe also kein Selbstbewusstsein, oder wie?"

„Nicht im ausreichenden Maße jedenfalls."

„Trotzdem brauchst du ein Rezept! Das weiß jeder! Jeder, der zum Arzt geht, muss sagen, dass er ein Rezept braucht für die Apotheke! Sonst gibt ihm der Kretin – der Apotheker – keine Tabletten!"

„Ja, zugegeben! Aber das Rezept stelle ich doch nicht aus, das stellt der Arzt aus, er gibt es danach dem Apotheker, von dem bekomme ich die Pillen!"

„Du könntest ja gar kein Rezept ausstellen! Was bildest du dir denn ein!"

„Man könnte sagen, dass *es* ein Rezept braucht, wenn man Pillen haben will, das könnte man sagen. *Es* braucht dafür ein Rezept. Aber nicht: dass *ich* ein Rezept brauche."

„Ohne Rezept kein Medikament", sagt sie. „Das weiß jeder. Nur du weißt es nicht. Du weißt überhaupt auffällig wenig. Zu wenig für mich, wenn du mich fragst."

Im Repertoire sind wir jetzt also an diesem Punkt

angekommen, sie schlägt zurück. Ich hätte gern an ihrem Kopfkissen gezerrt. Aber ich bin zu müde. Sie hingegen ist inzwischen hellwach.

„Lass uns jetzt aufhören", sage ich. „Wir sprechen morgen früh weiter."

Erneute Windstöße draußen. Ich stelle mir vor, wie die verdorrten Blätter der Kastanie über das Kopfsteinpflaster des Hofes wirbeln. Sie sind trocken und braun von der Minimiermotte, auf sie scheint ein bleicher Vollmond.

„*Es* braucht dafür ein Rezept?", höhnt sie.

„Ja, das kann man so sagen. Unbestimmter Artikel vor dem Verb."

Sie holt tief Luft. Ihre Stimme ist jetzt leicht zurückgesetzt, als ginge sie vorsichtshalber in Deckung. „*Es* braucht kein Rezept. *Du* brauchst eins! Du! Nicht *es*!"

„Ich kann keine Rezepte ausstellen", sage ich, „ich bin Patient, kein Fälscher."

„Was soll denn das schon wieder!", ruft sie. Sie sitzt jetzt noch gerader in den Kissen. „Warum belehrst du mich darüber? Soll ich dich zu was anstiften, oder was? Behauptest du etwa, ich wolle dich zu einer Fälschung anstiften?"

„Absurd! Hör mal, Renate, wir könnten uns gegenseitig entschuldigen, und dann ist Schluss! Dann können wir schlafen. Ich habe morgen viel zu tun."

Sie schweigt einen Moment. Ich sehe, dass sie die Hand gehoben hat. Sie lauscht. „Hörst du? Diese Schreie kommen von Waschbären."

Ich höre keine Waschbären. Aber ich höre sie. Ihre

Stimme ist irgendwie getränkt in Verzweiflung. Ich weiß ja, sie hat es im Moment schwer. Zu viel passiert gerade in ihrem Leben. Ich möchte versöhnlich klingen, die Stimmung zwischen uns aufhellen, damit wir nicht in der Verzweiflung verharren, kalt nebeneinander, das bisschen Zeit, das uns bleibt, ist so kostbar, wir könnten noch mitten in der Nacht sterben oder todkrank werden, Herzinfarkt, Schlaganfall, Morbus ... und dann würden wir alles bereuen, aber es wäre zu spät. Ich möchte sagen, dass ich keine Nacht neben ihr verbringen will mit dem Bewusstsein, unsere Partnerschaft nicht mehr zu ertragen. Ich spreche aber nicht davon, ich sage: „Lass uns jetzt einschlafen, Renate. Morgen ist ein neuer Tag!"

„Ein Tag ohne Rezepte!", sagt sie. Und dreht sich auf die andere Seite.

Vera

Sie war sich keiner Schuld bewusst. Aber etwas musste sie doch getan haben. Denn ihre Strafe bestand darin, dass der Herrgott ein Tier schickte, das auf ihren Rücken sprang und nicht mehr von ihr ließ.

Wenn sie mitten in der Nacht aufwachte, spürte sie das Tier als Erstes. Es hatte sich in ihr Rückgrat verkrallt und zerrte daran, streckte und bog es, und obschon sie bereits verkrümmt dalag, und der Schmerz über ihren ganzen Leib in den Kopf hineinkroch, verbiss sich das Tier im Bemühen, sie noch mehr zu beugen. Ihre Schuld musste groß sein, denn die Krallen gruben sich immer tiefer in ihr noch junges Fleisch.

Man konnte sagen, es hatte damit angefangen, dass sie einmal zum Tanzen ging, ohne ihre Eltern zu fragen. Sie war an einem Freitagabend im August vor zwanzig Jahren einfach losgegangen. Der Junge, dessen Namen sie nicht mehr erinnerte, wartete auf sie am Dorfrand, und nicht ehe die Sonne aufging, trennten sie sich. Als sie wie betäubt vor Glück zuhause ankam, und der Vater sie schlug, merkte sie es zum ersten Mal. Das Tier des Schmerzes saß auf ihr und ließ nicht mehr von ihr ab. Und der Pastor rief ihr von der Kanzel herab zu, dass jede Sünde im Register des Herrn eingetragen war. Der Herrgott selbst sähe sie lange an und dächte sich eine Strafe für sie aus. Nach wenigen Tagen schon wurde die Strafe verkündet.

Immer wieder hatte sie in schlaflosen Nächten darüber nachgegrübelt, ob es noch andere Dinge waren, die seinen Zorn begründeten. Viel war ihr nicht eingefallen, also musste sie dem Vater glauben, der ihre Verfehlungen vorrechnete. Sie freute sich auf ihr Leben. Damit musste es zu tun haben. War danach noch eine einzige Nacht gekommen, in der sie ruhig geschlafen hatte? Wenn es am dunkelsten war, hörte sie das Knurren des Tieres, spürte seinen Sprung, konnte seine Krallen nicht vermeiden, wie es dann zerrte und zog.

Wenn die Sonne aufging, war es wieder gut gewesen, der Alb der Nacht ein verwischter Schatten. Aber eines Morgens, es war kurz nach ihrem zwanzigsten Geburtstag, saß das Tier noch im hellsten Tageslicht auf ihrem Rücken, es drückte sie in die Kissen und ließ nicht los. Sie konnte nicht aufstehen. Auch nicht unter dem Gebrüll des Vaters. Es ging einfach nicht.

Von diesem Tag an spürte sie das Tun des ungebetenen Gastes auf ihrem Rücken pausenlos. Etwas bearbeitete sie mit zunehmender Wut. Etwas formte sie, als wäre sie ein Werkstoff, den der unsichtbar bleibende Künstler zu einer gnadenlosen Neuschöpfung nutzte. Sie durfte nicht so bleiben, wie sie war. Vor diesem schöpferischen Plan konnte sie sich nicht verstecken. Auf sie allein hatte man es abgesehen.

Nach und nach begriff auch der Vater, dass hier andere Mächte am Werk waren. Seine Blicke wurden milder. Seine Hände bestraften nicht mehr. Er sah ihr zu, wie sie sich beugte, wie ihr Kopf an jedem Morgen tiefer hinabsank, wie ihr Gesicht mit jedem Tag sich demütiger senkte, niedergeschlagene Blicke. Der Körper des Menschen ist formbar, auch wenn der Mensch längst volljährig ist, er bleibt im Besitz des Schöpfers, der damit macht, was ihm gefällt. Der Vater sah es und begriff es und war damit zufrieden, die ganze Familie konnte es sehen und daraus ihre Schlüsse ziehen. Sie selbst ergab sich jetzt in ihr Schicksal.

An einem Wintermorgen spürte sie endlich, wie das Tier von ihr ließ. Es sprang zu Boden und wand sich hinaus. Sie hörte einen Ruck in ihrem Leib, als würde etwas endgültig versiegelt. Sie hatte ihre Knie dicht vor Augen, wie weiß die Haut sich über den Gelenken spannte. Sie wusste jetzt, dass es nicht mehr weiterging. Es erleichterte sie, und sie versuchte, ruhig zu werden. Und in diesem Moment fiel ihr plötzlich der Name ein, nach dem sie so lange gesucht hatte. Der Junge hatte am Dorfrand auf sie gewartet. Und das Heu duftete, als die Sonne aufging.

Johann-Peter

Johann-Peter rechnete jeden Augenblick damit, dass es geschah. Es würde ohne Vorwarnung über ihn hereinbrechen, es war überfällig.

Der Deutschritter vor ihm hatte sein Pferd gezügelt. Er blickte herüber. Er schien sein Schwert zu heben, auch das weiße Schild mit dem schwarzen Tatzenkreuz. Sein Harnisch ließ ein bärtiges, schmutziges Gesicht mit brennenden Augen frei. Mit dem Druck seiner Schenkel wendete er das Pferd, seine schwere Gestalt straffte sich unter dem Kettenhemd, er schien die begangene Untat sühnen zu wollen. Aber dann erstarrte seine Bewegung, er griff nicht an, nahm die Verfolgung nicht auf. Sein gerüstetes Reittier verharrte mitten in der Bewegung, es witterte einen anderen Feind.

Noch mal Glück gehabt, durchfuhr es Johann-Peter, ein weiterer Aufschub. Er kehrte allmählich zurück aus seiner Vision, berührte die kleine Figur aus bemaltem Kunststoff, schob sie weiter nach hinten über die Buchrücken, auf der sie ritt. Die Postkarte mit der fotografierten Inschrift „Stille", die am Fensterrahmen lehnte, kam dadurch in sein Blickfeld. Er musste an Sofie denken. Draußen vor dem Fenster floss Nebel in die Baumkronen, wie graue Farbe in eine Welt unter Wasser, schob sich bis über den Jasminbusch an das Haus heran. Die Ferne kam zu ihm, bis an den Schreibtisch.

Er rief noch ein paar Mal, aber die Katze blieb verschwunden. In der Nacht war sie nicht ins Haus zurückgekehrt. Er hatte sie am Morgen draußen gesucht, nach Spuren gesucht, insgeheim darauf vorbereitet, sie in ihrem Blut zu finden, mit herausgerissenen Augen, wie es ihrem Vorgänger geschehen war, mit durchtrennter Kehle, Opfer eines der Untiere, die regelmäßig durch den nächtlichen Park strichen.

Die Katze blieb verschwunden, ebenso wie Sofie seit jener Nacht vor zwei Jahren, er hatte damals laut nach ihr gerufen, um die Nachbarn aufmerksam zu machen, war ihr danach nie mehr begegnet, auch nicht insgeheim. Die Polizei hatte nach einem Anfangsverdacht inzwischen die Suche eingestellt.

Die Katze war immer wieder zurückgekehrt, so als hätten sie eine geheime Verabredung. Zu allen Jahreszeiten. Bis heute Morgen.

Auf dem Schlachtfeld geblieben, dachte er, unter irgendeinem Busch, im Gestrüpp, das den Park von den Feldern trennte, oder weit draußen in der Ferne auf den Wiesen, die in dunklen Wäldern mündeten, auf denen er manchmal die Reste nächtlicher Opfer sah, zerrissene Federkleider, abgenagte Schädel von Wild, blutige Felle. Daneben standen Pilze wie dunkle Gedenksteine, geheimnisvoll an diesem und an keinem anderen Fleck. Und wenn der morastige Boden noch weicher und nachgiebiger wurde, hörte er davongaloppierende Tiere, ganze Kolonien fremder Bewohner seiner neuen Heimat.

Johann-Peter blickte misstrauisch auf den Ordensritter, hatte er sich nicht bewegt, brachte er sich in Stellung? Der Nebel stand jetzt dicht vor dem Fenster, hatte die bunten Büsche draußen verschluckt, schob sich wabernd an den Scheiben herauf, ein gestaltloses, lebloses Wesen, aber in Bewegung. Der Ritter senkte den Kopf, Johann-Peter vernahm das Murren seines Reittieres. Es wollte ihm nicht gelingen, diese Eindrücke endlich loszuwerden, die Gefahr zu leugnen. Vielleicht holte es ihn jetzt ein. Man hatte ihn die letzten beiden Jahre davor gewarnt. Das Alleinsein hatte diesen Preis. Wenn die Gegenüber fehlten, dann wurde alles enger. So eng, dass man sich eines Tages nicht mehr bewegen konnte. War es jetzt soweit? Das Draußen ließ sich nicht mehr aufhalten, wurde übermächtig. Es schob sich heran, gleich würden die Fenster zersplittern. Die Ferne mit ihren gut gesicherten, umzäunten Flächen, die er von seinem Beobachtungsposten aus überblicken konnte, war längst um ihn, die Ausflucht versperrt. Der Kampf ums Überleben begann.

Im letzten Moment veränderte sich draußen etwas. Eine unsichtbare Hand drückte die Nebel zur Seite, der Jasminbusch kam allmählich wieder zum Vorschein, dann auch die übrigen Gehölze. Johann-Peter beugte sich vor, um es besser zu sehen. Der Reiter dicht vor ihm hatte seine Waffen gesenkt, er würde weder angreifen, noch ihn verteidigen. Die Welt öffnete sich, jenseits der Wolken war das Sonnenlicht zu ahnen. Johann-Peter atmete auf, aber er fragte sich, was die nächsten Stunden bringen würden. Womit musste er an diesem langen Tag rechnen?

Sein Blick fand die Hügelketten, dahinter sogar die Berge in der Ferne, alles lag sorgsam abgesteckt vor ihm. Er zwang sich, sitzen zu bleiben. Alles sollte bleiben, wo es war, alles in diesem Gleichgewicht, schon die kleinste Veränderung draußen konnte schlimme Folgen haben.

Aber wenn es zurückkehrte, würde er ein weiteres Mal standhalten können? Mit welchen Waffen? Er wollte es nicht, aber er sprang endlich auf. Sein Stuhl polterte hinter ihm zu Boden.

John

Als ich noch in Frankfurt am Main lebte, ist mir das nie aufgefallen. Jetzt aber, hier auf dem mittelhessischen Land, sehe ich es.

Man kann vermeiden, auf dem Grund des Autobiografischen anzukommen und nicht mehr weiter zu wissen. Jeder sollte das können, aber vielleicht ist es nur auf dem Land möglich. Man muss jedenfalls nicht verzagen. Es gibt ein Happy End!

Wir lösen die autobiografische Fußfessel, mit der uns gesagt wird: Berichte uns, wie es tatsächlich war! Der Himmel hing nicht tief, er hing hoch! Bleibe gefälligst bei der Wahrheit! Es gibt keine Ausflüchte! Und es gibt kein wirkliches Verschwinden.

Doch, es gibt beides. Am Rande der Schwälmer Senke ist mir das klar geworden. Und ich habe mit Harriett darüber gesprochen. Jeder von uns besitzt zwei Leben.

Denn kommt es nicht darauf an, sein eigenes Leben von Anfang an als Fiktion zu sehen? Wie gesagt, ich habe mit Harriett einige Male darüber gesprochen, zuletzt vor diesem langen Spaziergang. Aber sie hat mich nicht verstanden. Sie ist neuerdings mehr an Tieren interessiert, denn an Menschen.

Nun gut! Also, wer ist dieses erzählende Subjekt, das unsere Schritte und Blicke lenkt? Hat es jemand erfunden? Es ist jedenfalls da! Und es kann nicht einfach aufhören zu erzählen und uns mit den eindimensionalen, den nüchternen Tatsachen eines angeblich zu Ende erzählten Lebens allein lassen!

Nein, das Leben ist nicht das, was wir erlebt haben. Es ist das, woran wir uns erinnern. Und wie wir uns daran erinnern. Um davon zu erzählen. In den ersten zwei Dritteln meines Lebens ist viel passiert. Im letzten Drittel sorgt nun der Erzähler in meinem Inneren dafür, dass nichts mehr passiert. Der Erzähler in mir behauptet, dass diese Figur das ist, was man traumatisiert nennt, und dass sie nur noch dabei zusehen will, wie im Leben der Anderen etwas geschieht.

Das lyrische Subjekt sortiert also seine dürren Daten? Es handelt sich nicht mehr um den durchaus sympathischen Spieler, der die Karten mischt, er macht nur noch den Spieltisch sauber?

Das ist allzu langweilig. Dafür gebe ich meinen Namen nicht her.

Also gehen wir noch einmal auf die Theaterbühne zurück. Wie war das an diesem Tag, als wir das Theater betraten, voller Erwartungen auf das Spiel ...

Dort öffnet sich der Vorhang, die Soffitten treten hervor, die illusionistischen Zwischenprospekte senken sich herab und es erscheint eine Folie, die uns erfreut und geradezu entzückt. Alles im Hintergrund öffnet sich. Und der Held schreitet aus und erobert sich ein ganz neues Leben!

Wir machen also nicht nur weiter, wir fangen noch einmal ganz neu an! Man kann sich selbst entkommen, es ist ganz einfach ...

Ich habe es ja erlebt. Ich war weit weg, selbst Harriett hatte mich aufgegeben, und dann bin ich einfach wiedergekommen! Eine Art Neugeburt. Ich trat in ein zweites Leben ein.

Man muss nur die Rollen tauschen. Was vorher Realität war und alles andere nur ausschmückende Fiktion, wendet sich jetzt. Die fiktionalen Landschaften werden Realität – alles andere wird nebensächlich.

Es beginnt an einem ganz normalen Dienstag.

Ich bin gerade dabei, gegen die Wurzeln eines Brombeergehölzes zu kämpfen, als mir ein paar

Sätze in den Sinn kommen, die ich tatsächlich gedacht habe. Resignierte Sätze. Sie stellen mich ab wie ein Gerät, dort, im Schuppen trüber Weisheiten.

Jetzt gewöhnte ich mir die konservative Gelassenheit des Alters, die eher bewahren will, und in diesem Fall der Landbewohner, an und dachte: Mein Gott, es ist eben so!

Eine solche Haltung nimmt die kritische Schärfe aus den Urteilen. Man urteilt nicht mehr vertikal, man nimmt das Leben in seinen Äußerungen horizontal wahr. Aus Urteilen werden Betrachtungen.

Man wird ziemlich gelassen dadurch.

Ich ertappe mich tatsächlich dabei, auf dem Grund meiner Autobiografie angekommen zu sein. Die Fakten regieren. Ich blicke mich erschreckt um, hat jemand das mitbekommen?

Ich will alles stehen und liegen lassen, grabe und reiße die letzten verästelten Wurzeln der teuflischen Brombeeren aus dem harten, verklumpten Gartenboden aus, dem offensichtlich der Dünger fehlt, und mache mich davon.

Ich stolpere noch über ein paar Wurzeln, dann gehe ich einfach los.

Vor mir sehe ich diese Figur, die in der Nachbarschaft eines Konzentrationslagers angefangen hat und durch ein Leben gegangen ist. Die frühzeitig versucht hat, ihr Leben *abzuerzählen*. Immer stärker hat sich das Literarische an die Stelle des Lebendigen gesetzt. Dem Leben standen Erzählungen als literarische Artefakte gegenüber. Das war problematisch –

und befreiend. Es hielt die Schwere im Zaum. Noch einen Schritt weitergehen bedeutet, selbst Teil des literarischen Entwurfs zu werden. Dann lösen sich die biografischen Konturen auf. Wie wunderbar! Angesichts des existenziellen Skandals alt zu werden und zu sterben, beginnt eine neue, ganz eigenartige, eine umfassende Erzählung. Und der Erzähler – jeder Erzähler, der zur Seite tritt – kann sich überlegen, ob er diese an sich schöne, aber auch lächerliche, in jedem Fall aber gefährdete Gestalt scheitern lassen will oder nicht.

Was machen wir mit dieser Figur?

Ob wir sie auf die Höhe einer Kunstfigur heben wollen? Oder ob wir ihr zusehen, wie sie sich in den Tatsachen ihres Alltags verheddert?

Man könnte auch fragen: Leben oder Schreiben?

Man könnte auch fragen: Roman oder Lebensbeichte?

Hat nicht jemand gesagt, man muss das Leben in einen Roman verwandeln, weil es sonst unerträglich ist?

War das nicht der alte, ehemalige Automechaniker von der Tankstelle am Dorfrand? Der gleiche Polterkopf mit den schweren Schritten, der heute seine nachgebastelten Flugzeugmodelle aus durchsichtigem Papier, gut riechendem Leim und Pastellfarbe auf der Schafsweide hinter dem Dorf in die Luft steigen lässt und davon erzählt, erzählt, erzählt!

Natürlich, der hat das gesagt.

Ich entscheide mich also für den Roman.

Alle – noch einmal

Elke kannte die Regeln. Die Regeln der Geselligkeit, die auch auf dem Land galten. Man kommt, man geht, man fragt im Vorbeigehen: Wie geht es dir? Und man erwartet als Antwort gar nichts oder höchstens: danke, gut, und dir? Mir geht's prima. Na, dann geht's ja.

An diesem Abend war alles anders.

Auf einer Party in einem Dorf der Schwälmer Senke traf Elke Leute, die eine solche Frage für den Beginn eines Gespräches hielten. Uneingeweihte eben. Leute vom Land. Hallo, wie geht's? Saumäßig, seit Tagen kann ich kaum noch durchatmen, Gallenkoliken verstehst du, eine Erbsache, schon meine Mutter und Großmutter haben davon in der Spinnstube erzählt ... Wir können uns ins Wohnzimmer setzen, ich erzähl's dir ausführlich ...

Elke winkte ab und ging hungrig zum Buffet, wo jemand, den sie vom Hörensagen als Lokalhistoriker kannte, vier volle Teller mit Sülze und Salat balancierte. Hallo, wie geht's, ich heiße Elke ...

Ich bin Johann-Peter und wohne gegenüber dem neuen Ökostall der Greins. Ich komme gerade aus dem Staatsarchiv in Marburg zurück, da geht's um Steuerschätzungen in alter Zeit und um alte Karten mit Dorfansichten. Und ich bin echt erschüttert über unsere Steuern, wir brauchen dringend neue Gesetze, ganz neue Steuergesetze! Interessiert Sie sicher, Elke, das sehe ich Ihnen an, Sie gehören ja zu den Zugezogenen, da sind Sie interessiert ...

Nein, sagte sie, das interessiert mich nicht wirklich, ich bin nur tierisch hungrig, da kann der Gesichtsausdruck schon mal täuschen.

Als sie ihren Teller zu Erika und Klaus trug, umstanden die Gastgeber angeregt plaudernde Partygäste, die Erika bei jeder sich bietenden Gelegenheit, die sich auf dem Land bot, um sich scharrte. Denn es gab doch seltener, als sie gehofft hatten, Gelegenheiten wie diese, wo Stadtflüchtlinge mit Einheimischen zusammenkamen. Eigentlich waren sie nicht integriert, diese Simulanten des Landlebens. Und man ließ sie das spüren.

Elke kannte inzwischen alle, Einheimische wie Zugereiste, sie wohnten ja in der Senke nicht weit auseinander. Harriett, Mausi, Herbert, Erika Jaeckel, Lucie, Erdmuthe und Bobo, Karin, Walburga und Erwin. Vor rund zwei Jahren waren sie, mehr oder weniger unabhängig voneinander, hierhergezogen, hatten die Stadt hinter sich her aufs Land gezogen. Küsschen, Scherzen, Lachen, ich hole dir ein Glas, echt nett. Die einzige in der Runde, die sie nicht kannte, war eine kleine Frau mit geschwungenem Mund, bisschen dick, aber hübsch, dunkle Augen. Sie gab ihr die Hand.

Hallo, ich bin Elke. Wie geht's?

Die Frau verzog den Mund. Erika Jaeckel, ich hab die große Hähnchenmast in Richtung Nausis. Hatten Sie schon mal entzündete Gelenke? Solche Schmerzen sind tierisch ...

Oh, nein!, dachte Elke.

Ich kann nicht mehr stehen, sitzen, liegen, fuhr Erika Jaeckel fort. Ich halte mich nur mühsam aufrecht, das können Sie mir glauben. Ich zeige Ihnen mal, wie geschwollen meine Gelenke sind, damit Sie mir das glauben, rot und dick und nässend, warten Sie, ich stelle nur die Salzstangen ab. Ja, eigentlich wollte ich nur, stammelte Elke, war doch nur so eine Floskel ... Hier, sehen Sie, ist das nicht krass! Ich kann natürlich nicht alles zeigen, aber einen ersten Eindruck bekommen Sie schon, was? Am andern Bein ist es eher noch schlimmer, warten Sie nur einen Moment, dann ...

Elke wendete sich ab und ließ Erika Jaeckel stehen.

Erdmuthe begrüßte sie, eine alte Bekannte, die auf den Berg gezogen, einige sagten: geflüchtet, war. Hallo, schön dich zu sehen, wie geht es dir? Prima! Und dir? Klasse!

Erdmuthe war in Begleitung eines Mannes, der ihr die Hand entgegenstreckte. Langes gepflegtes Haar, träge Bewegungen, kragenloses lila Hemd, Seidenschal. Die provinzielle Kopie eines städtischen Bohemians. Er lächelte gewinnend und sagte: hallöchen!

Sie wollte es vermeiden, aber dann sagte sie doch: Hallo, ich bin Elke, wie geht's?

Kai-Uwe! Wenn du schon so direkt fragst, ich bin entschlossen, auszuwandern. Nimm die Humorlosigkeit in diesem Land! Und dann auch noch das miese Wetter in der Senke. Das habe ich mir sonniger vorgestellt. Hier hält es doch keiner aus! Wir können auf der Terrasse darüber reden.

Sie überlegte. Was war hier los? Galten die Regeln nicht mehr? Stellte man sie auf die Probe? Sie umarmte die Gastgeberin und holte nach, was sie bei der

Begrüßung versäumt hatte, sie fragte Gaby: Wie geht's dir? Danke, prima, alles bestens, und dir? Sie atmete auf. Na, das ist schön, mir geht's auch ... Gaby unterbrach sie: Darf ich dich mit Erwin bekannt machen? Er ist im Moment ziemlich einsam.

Erwin?

Der Schlanke am Fenster, mit den zerbeulten Cordhosen.

Den habe ich schon herumradeln gesehen. Sieht nett aus, ein bisschen eingebildet?

Nur sehr ernsthaft. Hält unsere Utopien aufrecht. Und vor allem hat er gerade eine Trennung von Walburga hinter sich.

Und das zerbeult seine Cordhose derart?

Plaudere ein bisschen mit ihm, er kommt ja auch aus der Stadt.

Als sie sich Erwin näherte, überlegte sie, wie sie das Gespräch beginnen sollte. Je näher sie ihm kam, desto mehr hatte sie das Gefühl, seine Blicke versenkten sich wie Pfeile in sie, getragen von einer einzigen Frage, der zentralen Frage, die seine ganze Miene beherrschte. Er würde von ihr wissen wollen ...

Sie erreichte ihn, das späte Sonnenlicht hinter ihm wob eine Gloriole um seine Gestalt, die sie blendete.

Hallo, sagte sie ...

Wie geht es Ihnen?, fragte Erwin.

Sie zuckte zusammen. Wirklich starre Augen, ein intensiver Blick, der sich auf der ganzen Welt nur für sie zu interessieren schien.

Mir? Oh, danke. Sehr, sehr gut. Und Ihnen?

Tatsächlich?

Was meinte er? Sie musste Zeit gewinnen und stellte sich neben ihn. Im Nacken spürte sie die Abendwärme, die aus dem Park kam. Eine Art warmer Hand, die ihren Rücken hinabstrich. Sie hob ihr Glas, er hob seins. Sie stießen an, nippten.

Was meinen Sie damit, wenn Sie sagen, „Tatsächlich". Glauben Sie mir nicht? Mir geht's echt gut.

Kommen Sie, Elke – Sie heißen doch Elke, nicht wahr? Ich habe von Ihnen sprechen gehört, seit der mysteriösen Sache am See.

Ach, das mit den Enten, das war doch nichts. Obwohl, seitdem …

Ich sehe Ihnen doch an, dass Sie Kummer haben. Richtigen, zentralen Kummer! Sie kommen auf dem Land nicht zurecht, das sagen doch alle hier. Sie können es mir ruhig erzählen!

Aber ich kenne Sie doch gar nicht!

Na, umso besser!

Sie holte tief Luft. Blickte hinüber zu der Gesellschaft, von der sie wusste, dass allesamt Stadtflüchtlinge waren, die hier was Neues aufbauen wollten. So hatte Gaby es ihr bei der Einladung erklärt. Leute, die versuchten, Landeier zu werden. Plaudern, Scherzen, Lachen, Hüftschwünge, Blicke, die hin und her schossen wie Pfeile. Gesichter, die sich rosa verfärbten. Bei einigen rot. Sie sah zur Seite. Erwin blickte nicht an ihr vorbei, sondern in sie hinein, genau in die Mitte ihrer Seele, er nickte ihr zu, als warte er ungeduldig auf die Fortsetzung eines schon lange geführten, nur kurz unterbrochenen Gesprächs. Sie verspürte den Drang, zu flüchten, ihn einfach stehen zu lassen.

Wie es mir geht, wollen Sie wissen?, fragte sie vorsichtig.

Ja, erzählen Sie!

Sie schluckte. Dann sagte sie: Tatsächlich?

Jadoch!

Aber das ist doch gar nicht wirklich die Frage, stammelte Elke.

Doch! Ich weiß doch, dass Sie mit riesigen Erwartungen aufs Land gezogen sind und jetzt komplett enttäuscht sind! Das sieht man Ihnen doch schon von Weitem an!

Ja, sagte Elke, das stimmt schon ...

Also, wie geht's Ihnen?

Ja, sagte Elke. Tatsächlich. Wie geht es – m i r.

Josef Knapp

Sein Gesicht war eine einzige Wunde, die ihm sein Körper geschlagen hatte. Konnte es anders sein, als dass dieses Aussehen seine Albträume und seelischen Kämpfe sichtbar machte? Rumorten in seinem Inneren nicht Gefangene, fremde Wesen, die nach dem Ausgang suchten? Alles an ihm wirkte maßlos und in Aufruhr.

So ausgestattet konnte er nicht unbehelligt bleiben. Seine Nachbarn hielten ihn für besessen, für einen heimlichen Berserker, der in den Nächten zuschlug.

Dafür besaßen sie keine Beweise, außer seinem Anblick. Sie behaupteten, er sei ein Rasender, den man wegsperren musste, aber er stand jeden Tag sinnierend zwischen den Blumenrabatten an seinem Gartenzaun. Unbeweglich versunken. Niemand wusste, wohin er blickte.

Wer seine stürmisch aufgewühlte Gesichtslandschaft in einer mondbeschienenen Nacht erblickt hatte, etwa auf dem Nachhauseweg aus der Schenke oder dem Dorfgemeinschaftshaus, seinen zitternden Mund, wenn die Sprache wie ein Gewitter aus ihm herausbrach, seine aufgerissenen Augen, der wollte nicht mehr, dass er in seiner Nähe war. Aber der Unhold ließ sich nicht abschütteln. Im Gegenteil, er kaufte ein Nachbargrundstück nach dem anderen dazu, in unserer Region flüchten ja die Menschen. Man kann sagen, er wurde *zu dem* Bewohner unseres Dorfes. Jemand stellte in purer Verzweiflung den Antrag im Bürgermeisteramt, dem Ort seinen Namen zu geben. Das würde klare Verhältnisse schaffen. Der Antrag wurde erwogen, dann abgelehnt. Er selbst äußerte sich dazu nicht. Er lebte zurückgezogen mit seinen Hunden. Nachts drang befremdliche Musik aus seinem Haus, die hier niemand mochte.

Das Dorf verschwand allmählich, je weiter er sich ausbreitete. In seiner Nachbarschaft hielten nur wir stand. Wir ließen ihn nicht aus den Augen. Wir bewältigten allmählich die Erschütterung, die von ihm ausging. Unsere Kinder verloren die Angst vor dieser Erscheinung. Alles schien gut zu gehen.

Aber in einer einzigen Nacht änderte sich alles.

Der Winter stand vor der Tür. Wir waren zu dieser Zeit damit beschäftigt, unsere Zäune zu erneuern. Aus dem Osten kamen Wölfe immer näher, man hörte davon jeden Tag in den Nachrichten. Wir sperrten unsere Tiere ein. Die Geräusche in der Nacht überhörten wir. Eines Morgens beim ersten Schnee lagen die Hühner des Dorfes mit durchgebissenem Hals in den Ställen. In der Luft kreisten Scharen von Habichten, die es damals noch gab. Spuren von Tatzen konnten im Schnee verfolgt werden. Aber eines der Dorfkinder behauptete, sie habe ihn während des Schulganges im Morgengrauen am Zaun gesehen, blutverschmiert. Diese Nachricht wollten alle im Dorf hören. Sie machte die Runde. Am Abend wurde er in die Kreisstadt abgeführt.

Wir bedrängten den Ortsvorsteher. Nach und nach erfuhren wir von seiner Vorgeschichte, auch durch Berichte des lokalen Blattes, im Dorf war das wochenlang Tagesgespräch. Uns interessierte alles. Sogar der landesweite Radiosender beschäftigte sich schließlich mit dem Fall.

Stellt euch diesen Lebenslauf vor! Als Junge war er in einem Ausbildungslager der Hitlerjugend gewesen, er nahm an Experimenten teil, über die niemand reden wollte, als Fahnenflüchtiger entkam er im allerletzten Moment seinem Hinrichtungskommando. Seitdem revoltierte er. Er schlug sich durch zwei letzte Kriegsjahre, immer allein, tauchte hier und dort auf und verschwand wieder. In Erdlöchern überstand er die Zeit, ein kleines, böses Tier auf Nahrungssuche. Nach

Kriegsende fand er nur langsam in die Gemeinschaft zurück. Er durchlief Internierungslager der Westalliierten, danach begann er etwas und brach es wieder ab. Da schien er schon endgültig gescheitert. Nach seiner Entlassung aus dem psychiatrischen Krankenhaus trat er die Flucht nach vorn an, eine Art Amoklauf begann, aber er wollte offenbar überleben und sich zeigen, er wurde Schauspieler, spielte alles, auch Frauenrollen, es war ihm einerlei. In jener Zeit machte er auch Versuche, politisch bekannt zu werden, scheiterte aber, weil er alles Erstarrte verhöhnte. Niemand braucht einen Mann, der den Umbruch nicht nur will, sondern ihn verkörpert. Keine Frau hielt es bei ihm aus. Was wirklich geschah, wusste niemand.

Schließlich landete er bei uns in dieser menschenleeren Gegend. Nach seiner Entlassung bezog er wieder sein Haus. Wer in seiner Abwesenheit die Hunde versorgt hatte, konnte niemand sagen. Wir jedenfalls waren es nicht. Er führte sein altes Leben fort, und die verbliebenen Dorfbewohner spürten ihren Hass wachsen.

Was soll ich sagen! Ein solches Gesicht und so viel entblößtes Leben mochte man hier nicht. Vom ersten Tag an blieb man im Ort misstrauisch, so als hätte es die Verbrechen des Krieges nicht gegeben, sondern nur dessen Ausgeburt, diesen Aufgewühlten und Rastlosen. Ihn wollte man im Auge behalten, nicht das, was die Zeit angerichtet und zerschlagen hatte. Er war es, auf den man deutete.

Wir zogen in die Landeshauptstadt. Seitdem haben

wir ihn nicht mehr gesehen. Durch einen Brief des Ortsvorstehers erfuhren wir später, dass er sich getötet hatte, das muss 1966 gewesen sein, das Jahr, in dem unser Land beschloss, weiter aufzurüsten. Man fand ihn in seinem Garten. Sein Grundstück wollte keiner haben.

Das Dorf blieb menschenleer.

Mausi

Ich wollte ihm nur gefallen. Aber er hat es nicht einmal bemerkt.

Dabei gebe ich mir so viel Mühe. Jeden Tag gehe ich vor ihm hin und her durch die schöne Wohnung. Ich beobachte ihn, folge seinen Blicken, ich weiß, wann er mich wahrnimmt. Dann fange ich an.

Es gab schon Momente, da wollte ich ihn direkt ansprechen. Aber ich besann mich rechtzeitig, ich hielt mich zurück. Er hat ja so viel zu tun. Soll er sich auch noch mit mir beschäftigen?

Es genügt mir, in seiner Nähe zu sein.

Und doch wäre es schön gewesen, sich bei ihm einzuhaken. Wenn ich mich in sein Leben einhaken könnte. Gleichberechtigt neben seiner Frau, geduldet von dieser Konkurrentin.

Wenn sie sich beide abends im Wohnzimmer gegenübersitzen, jeder auf seiner Couch, dann halte ich es manchmal nicht aus. Ich gehe zu ihnen, verrichte meinen Dienst und bleibe dann noch für Augenblicke im

Raum. Ich tue geschäftig, habe dies und jenes zu tun, es gibt ja so viel Ungeziefer auf dem Land, das sich in der warmen Jahreszeit in der Nähe der Ställe breitmacht. Und ich höre scheinbar beschäftigt zu, was die beiden sprechen, sie benutzen eine so schöne, so gepflegte Sprache, sie kommen ja aus der oberen städtischen Schicht. Zu einer solchen Sprechweise bin ich nicht befähigt, das steht mir nicht zu, ich komme ja vom Rand der Schwälmer Senke. Also schweige ich lieber, hole vielleicht nur einmal tief Luft oder lecke die Lippen. Ich lenke für einen Moment ihr Erstaunen auf mich, dann gehe ich wieder hinaus. Ich ordne meine Dinge und warte ab, bis ich wieder gerufen werde.

Ungefährlich ist das nicht. Ich balanciere auf einem schmalen Grat. Denn wenn man sich vorstellt, wie viel Reize ich habe – da könnte ich in einem unbedachten Moment schon mal übers Ziel hinausschießen. Ich könnte Platz nehmen und mich auf dem Sofa räkeln. Ich könnte die Beine übereinanderschlagen und mich genüsslich zurücklehnen, so als sei ich gleichberechtigt mit dabei.

Ich tue es nicht.

Denn letzten Endes muss ich mich ja selbst schützen. Verletzt zu werden, das ertrage ich nicht. Ich sehe ja, welchen engen Spielraum sie mir lassen. Welche eingeschränkten Möglichkeiten ich auch tatsächlich habe, unabhängig von ihren Gutmütigkeiten. Und wie ich darunter leide.

Sie sprechen oft über ihre Gefühle. Oh, da könnte ich mithalten! Überschäumend, ja, überschäumend sind meine Liebesgefühle oft. Und wie tief ich sie empfinde! Aber dann sehe ich an mir herab, und ich erkenne die Zeichen. Oder ich trete vor einen Spiegel und komme zur Besinnung ...

Lieber ziehe ich mich zurück.

Denn wie tut es weh, wenn man ihren Anforderungen nicht entsprechen kann. Ich könnte tun, was ich will, es würde nicht genügen. Es ist die Konvention, die mich in Schach hält. Sie schauen auf mich herab und würden schließlich über mich lachen. Denn ich kann einfach die Grenzen meiner Natur nicht sprengen, so sehr ich es auch versuche. Ich habe dagegen rebelliert, gewütet, meine vielfältigen inneren Welten bleiben durch mein Äußeres eingesperrt. Ich habe auch eingesehen, dass ich mich einfach nicht angemessen mitteilen kann. Wenn man nur einen einzigen Laut besitzt für all die Gefühle, die man ausdrücken möchte. Wenn man jemanden voller Liebe die Hand schütteln möchte und kann ihm nur eine blasse Pfote hinstrecken, in denen die Krallen schamhaft verborgen sind.

Nein. Ich kenne inzwischen meinen Platz und bleibe auf dem Boden der Tatsachen.

Ich muss es einfach hinnehmen.

Herbert

Die Henkersschlinge hing direkt über der Eingangstür. Wenn jemand in das dunkle Blockhaus oder hinaus in den blühenden Garten trat, stieß die klobige

Tür gegen die Schlinge und sie schwang vor und zurück.

Es gelang mir nicht, den Blick abzuwenden. Die Gespräche in der kleinen, geladenen Runde waren harmlos und heiter und plätscherten weiter. Auf dem Nachbargrundstück kläffte ein Hund. Jemand spielte auf einer Blockflöte. Aber die zierliche Henkersschlinge aus einem dünnen, weißen Hanfseil, mit ihrer schmalen Öffnung für den Kopf des Delinquenten, gab jedes Mal einen lautlosen Ton von sich, der besagte: Schau mich an, siehst du es nicht, hier ist der Eingang zu einem Drama.

Es wurde mir immer klarer, dass die Schlinge nicht zufällig dort hing. Obwohl nicht größer, war es nicht einfach eine vergessene Schlaufe für eine Markise oder einen Vorhang. Es gab keine Markise, es hatte nie einen Vorhang gegeben. Jemand hatte das dünne, weiße Seil der Schlinge über der Türöffnung angebracht, wo sie deutlich genug wahrgenommen werden konnte. Wo sie nun hin und her schwang, als sei der Prozess schon im Gange ...

Die Miniatur einer Henkersschlinge. Ein Zeichen, das gesetzt sein wollte.

Ich blickte den Gastgeber an. Er schien mich die ganze Zeit zu beobachten. In seinem Blick lauerte etwas. Oder fiel nur ein irrlichternder Sonnenstrahl auf seine grünen Augen. Vielleicht beschäftigte ihn die Frage, was nun ans Tageslicht kommen würde.

Unwillen stieg in mir auf. Ich beschloss, die Schlinge nicht weiter zu beachten. Das Gespräch in der Runde begann, mich zu interessieren. Es drehte sich um das Leben auf dem Land, eine Herausforderung für zugezogene Städter, wie ich einer war. Aber solche Blockhütten mit abgemessenen und zugeteilten Gartenpartien brauchten wir nicht. Wir liebten das weite, freie Land mit seinen offenen Horizonten.

Aber diese böse, kleine Schlinge über dem Eingang; dieses anmutige und bedrohliche Zeichen für etwas anderes, das gegenwärtig war ...

Der Anblick begann, mich zu quälen. Ich stand auf. Ging ein paar Schritte über Kies, Rasenstück und Bodenplatten. Dann setzte ich mich wieder – mit dem Rücken zur Schlinge.

Mittlerweile war ein leichter Wind aufgekommen. Büsche und Bäume bewegten sich geschmeidig. Der Gastgeber erzählte aus seinem Leben. Alles schien ihm gelungen zu sein. Ein, wenn auch langsamer, so doch stetiger Aufstieg. Bis hin zu dieser ersten, sommerlichen Einladung auf sein Gartengrundstück. Für ihn ein Wagnis, aber sie waren alle gekommen. Offensichtlich war es ihm in Jahren gelungen, die hässlichen Vorurteile des Dorfes zu zerstreuen. Alle sahen, wie er das genoss.

Ich blickte über die Schulter zur Eingangstür des Blockhauses. Die zierliche Schlinge schwang vor und zurück. Sie schwang nach innen wie ein luftiges Sommerkleid, das vom Wind erfasst wurde, sie schwang nach draußen, mit einer herausfordernden Geste. Und sind das nicht die beiden Stimmungen, mit denen wir im Sommer die Natur erfahren? Niemand von den

Gästen schien die Schlinge bisher bemerkt zu haben, sie war zu unscheinbar, wenn man wollte, war sie nicht mehr als eine harmlose Schlaufe am Türbalken.

Ich konnte mich nicht mehr beherrschen. Wie dumm von mir! Denn seitdem ist ja alles viel düsterer geworden.

Ich machte einen launigen Einwand. Ich unterbrach sogar das Lamento des Pfarrers mit dem zerknautschten Golfhut auf dem schütteren Haar. Ich sprach ganz unvermittelt davon, dass es sicher eine Zeit gegeben haben musste, in der unser korpulenter, kräftiger Gastgeber, der gern saftigen Genüssen zusprach, schmal und zierlich gewesen sein musste, denn er habe doch sicherlich die kleine Schlinge am Türbalken, mit der er sich einst aufhängen wollte, nach seinen Maßen angefertigt.

Laut lachend sah ich in die Runde.

Die Gäste blickten verdutzt. Ihr Schweigen war so tief, als seien ihre Worte in Abgründe gestürzt. Der Gastgeber sah mich einen Moment lang mit plötzlich dunkel gewordenen Augen an. Dann sagte er: „Ja, das war schon was, damals. Davon habe ich noch niemandem erzählt. Ich machte ja die Erfahrung, dass die Schlinge, eigentlich ein starkes, vielfach geknüpftes Schiffsseil, das ich erprobt hatte, riss, und so fiel ich zu Boden und brach mir das rechte Bein, und meine Halswirbel waren danach auch nicht mehr in Ordnung, ihr seht ja alle, wie schief ich sitze; ja, das geschah damals, als meine Frau so qualvoll starb, eine unglückliche Zeit, in der ich nicht mehr leben wollte, ja, ich gebe ja zu, ich habe es unvollkommen angestellt, ich wusste damals einfach nicht mehr weiter ..."

Er begann zu weinen. Er sank in seinem Stuhl vornüber, schlug die Hände vor das Gesicht und schluchzte eine Weile haltlos.

Niemand konnte ihn trösten. Als die Gäste ihre Sprache wiedergefunden hatten, sagte die Ortsvorsteherin unseres Nachbardorfes: „Wenn wir gewusst hätten ..."

Und ihr Mann, der bei der Versicherung tätig ist, sagte: „Mein lieber Herr Gesangverein, das ist ja ..."

Meine Frau hatte mir längst ihren vorwurfsvollsten Blick zugeworfen, und ihr Ex-Mann, der neben ihr saß, sagte: „Manche Dinge sollte man ruhen lassen."

Und ich schwieg auch.

Ich blickte zu der Schlinge über der Türfassung. Aber der Wind hatte die Tür zufallen lassen und die Schlinge eingeklemmt. Sie schwang nicht mehr. Man sah sie nicht mehr. Dann lag sie plötzlich auf dem Boden.

Unser Gastgeber ließ sich durch unsere aufmunternden Zurufe nicht aufhalten. Er kam erst nach Stunden zurück.

Da lächelte er aber.

Josef-Michael

Ich wuchs in einem gewalttätigen Milieu auf. Im Berliner Wedding gab es Jugendbanden. Wer nicht zu einer gehörte, hatte schnell verloren. Ich wollte trotzdem keiner angehören. Das *Haus der Jugend* war eine

Zeit lang mein Zufluchtsort. In diesem Gebäudekomplex mit kleinem Park konnte man herumsitzen, mit Gleichaltrigen über Fußball und Elvis reden, Apfelbrause trinken, Brettspiele spielen, Musik hören. Ein friedfertiger Ort, eine Insel in einem Meer von Gewalt, Demütigungen, miserablen Wohnverhältnissen, Arbeitslosigkeit, Orientierungslosigkeit. Aber eines Tages war es damit vorbei. Die Banden entdeckten das *Haus der Jugend*.

Ich musste weiterziehen und entdeckte, dass es im Obergeschoss dieses Ortes eine Bibliothek gab. Ein geheimnisvoller, ein magischer Raum. Er gehörte mir allein. Während unten die Revierkämpfe tobten, nur von Zeit zu Zeit unterbrochen von Anweisungen eines überforderten Sozialarbeiters oder dem Hausmeister, begann ich, mich in die Schätze zu vergraben. Ich las alles, was ich greifen konnte, von Georg Trakls Lyrik, über Platons Philosophie und Jean-Paul Sartres Dramen bis hin zu Berichten von Entdeckungsreisen. Besonders letztere begeisterten mich zunehmend. Ich trat in der Phantasie Reisen in ferne Länder an, die mir in der Wirklichkeit verwehrt waren. Eines Tages wurde es unter mir zu laut und ich begann damit, Bücher auszuleihen. Ich trug sie auf einem Stapel durch die Straßen bis zu unserer Wohnung, die ungefähr einen Kilometer entfernt lag. Ein seltsames Bild: ein hochgewachsener, dünner Kerl mit Augenrändern, der die schmutzigen Straßen entlanggeht, an desillusionierten Weddingern vorbei, Bücher balancierend. Man starrte ihm nach, man lästerte, lachte, tippte sich gegen die Stirn. Aber er wurde in Ruhe gelassen.

Bis zu dem Tag, an dem die unangenehmste Bande ihn aufhielt.

Der Anführer gab einem Untergebenen ein Zeichen. Dieser stellte mir ein Bein, ich fiel samt meiner Bücher in den Straßendreck. Siegesgelächter. Ich erhob mich und nahm ein einziges Buch in die Hände. Es war groß und schwer. Und für mich bedeutend in einem übergeordneten Sinne. Es war der Nachdruck von Portolankarten, mittelalterliche Seekarten und Schifferhandbücher, darauf liefen die Windstrahlen und Linien der Entdeckungsreisen frühester Seefahrer wie geheimnisvolle Ariadnefäden über die ganze Welt.

Ich hob das schwere Buch und donnerte es dem Angreifer auf den Kopf. Er stürzte wortlos zu Boden und blieb liegen. Niemand kümmerte sich um ihn, ich schon gar nicht. Ich war plötzlich von innerer Ruhe erfüllt. Ich sammelte die restlichen Bücher auf und schritt majestätisch nach Hause. Niemand griff mich mehr an. Und als ich alle Bücher aus dem *Haus der Jugend* ausgelesen hatte, verließ ich den Wedding und Berlin.

Heute, vierzig Jahre später, habe ich mir meinen Traum verwirklicht. Ich habe die Stadt verlassen und lebe als Schriftsteller auf einem alten Pfarrhof in der mittelhessischen Schwalm; im ausgedehnten Park des Grundstücks steht mein ausgebauter Zirkuswagen, in dem ich über die Geheimnisse der Natur und die Abgründe des Lebens auf dem Land nachdenke und schreibe.

Erzähler

Ich habe es schon angedeutet. Früher, als ich noch in der Stadt lebte, wäre mir ein augenzwinkernder Umgang mit meinen biografischen Tatsachen nicht gelungen. Jetzt gelingt mir das. Das ganze Geheimnis ist, aus dem Fenster in den Garten und das angrenzende Gelände zu blicken. Oder, anders gesagt – sich die Tatsachen des allzu engen Alltags Untertan zu machen und sein Leben neu zu erfinden. Man erlebt es und ist gleichzeitig Zuschauer. Man steigt aus seiner Zwangsbiografie aus und biegt mit Hilfe der Literatur auf einen anderen Weg ab. Das in sich selbst gefangene *Ich* löst sich aus der Umklammerung und läuft davon.

Man hat ja tatsächlich noch ein zweites Leben – und zieht sich dorthin zurück. Es ist das Leben auf dem Lande. Oder anders gesagt – es sind die inspirierten Landschaften der Fiktion.

Ich hielt das am Anfang für unmöglich. Aber inzwischen setze ich beides gleich.

Dabei spielen neben all den Texten, die ich darüber schreibe, die Bilder die Hauptrolle – tatsächliche Fotos oder eingebildete Fotos im Kopf. Sie sind die beharrlichen Oasen in den Wüstenlandschaften des Alltags.

Jeder Kopf ist voll davon. Der Kopf ist der eigentliche Fotoapparat.

Bilder verbinden Jahre, Jahreszeiten, Personen, Orte, Stimmungen und Erinnerungen. Es sind also Fotos aus dem Kopf heraus, in meinem Kopf waren sie immer schon vorhanden – in diesem surrealen Kontext. Wobei surreal heißt: als Fundament des unterschiedlich-realen. Sie stiften als tieferer Sinn den Zusammenhang.

Dennoch kommt es mir so vor, als sei die Vergangenheit in der Stadt ein Traum – sie könnte ein Traum gewesen sein. Bilder aus der Vergangenheit im Kopf sind immer angereichert mit Realität, Traum, Erzählungen. Sie sind nicht mit dem scharfen Umriss der Tatsache bestehen geblieben.

Jeder einzelne Moment ist sinnvoll und sinnlos zugleich. Damit müssen wir leben. Jeder Moment ist kostbar. Und wenn wir versuchen, ihn festzuhalten, dann entgleitet er uns.

Deshalb sind Bilder oder Fotos ständig in uns und um uns. Sie sind uns kostbar und wir halten sie fest. Die Situationen, die sie abbilden, scheinen keine Vorgeschichte zu haben, keine Entstehungsgeschichte. Sie zeigen Ereignisse und Menschen, die einfach da sind – wie Bäume oder Seen an diesem und keinem anderen Ort. Wenn jemand vorbeikam, um sie zu fotografieren, wurden sie auch für andere sichtbar.

Bei Menschen ist das ein bisschen gespenstisch. Man sucht sie auf, trifft sie, verlässt sie wieder. Und es ist unklar, was danach mit ihnen geschieht. Vielleicht gehen sie ein. Vielleicht bleiben sie einfach ungerührt so, wie wir sie gesehen haben – die entgleisten Lastwaggons, die jungen Frauen im Kostüm, die Schiffer am Mast ihres Kahns. Jeder und alles auf dem speziellen Bild ist bloße Zutat und bleibt unverändert und ungerührt so bestehen. Wir sehen vielleicht einen blonden Mann mit Schlips und Weste auf einem Schiff zwischen einer Ladung, er und sein Fahrzeug unbeweglich, umschlossen von Gebüsch und Bäumen. Er ist schon immer da. So bleibt er. Wenn wir wiederkommen, können wir ihn erneut fotografieren. Alle sind nur Teil einer großen Wirklichkeit. Real und fiktional zugleich.

Aber – sind sie alle wirklich immer da, oder nur dann, wenn wir sie sehen?

Sie besitzen jedenfalls kein Eigenleben. Oder besitzen sie nur Eigenleben – und sonst nichts?

Manche Fotos, die wir von früher im Album haben oder an die wir uns erinnern, wirken wie Vorstudien. Aber wofür? Und für welche Gegenwart?

Sie entwickeln sich jedenfalls langsam. Aus ihren eigenen Bedingungen heraus. Wenn sie fertig sind, ist ihr Betrachter vielleicht längst verschwunden. Oder er lebt in einer anderen Region, einer anderen Gegenwart.

Ich koche realen Kaffee und bereichere den schwarzen Sud mit fiktiver, virtueller oder ganz echter Sahne. Es duftet. Ich rühre um und um. Ist das Leben nicht schön? Und während ich das tief empfinde, gehen mir die folgenden Erinnerungen durch den Kopf: Dieser Wust von Erinnerungen, der immer größer wird, ich werde ihn in Form bringen.

Gibt es dafür eine angemessene Form?

Ich hoffe jedenfalls, ich gebe alles richtig wieder.

Oder – kommt es eben darauf überhaupt nicht an?

Wenn ich mich an die Stadt erinnern will, dann ziehe

ich mich auf einen Hügel zurück, der gleich hinter meinem Fachwerkhaus aufsteigt. Von dort überblickt man die ganze Landschaft. Und alles erscheint klar und einfach. Ich nenne den Hügel den „Berg der Erkenntnis".

Ich denke natürlich wieder einmal über mein Leben nach. Und besonders an einen Moment vor einiger Zeit, als ich noch in der Stadt wohnte.

Gab es diesen Moment tatsächlich? In diesem Augenblick glaube ich es, denn ich sehe die Situation deutlich vor mir. Wie ein Foto.

Dieser Stoff des Lebens, den man die Zeit nennt, dachte ich, ist unglaublich zäh und flüchtig zugleich. Wenn man die Zeit halten will, enteilt sie, will man sie laufen lassen, bleibt sie stehen, und man versinkt in ihr wie in Morast.

An jenem Morgen, an den ich mich auf dem „Berg der Erkenntnis" erinnerte, hätten mich diese Tatsachen beinahe umgebracht.

Ich schaute aus dem Fenster. Mein Tag war offen und ereignislos, ich hatte freie Zeit. Die Bäume unten am Straßenrand schwankten leicht im Wind, das Grün stand auf dem Sprung, noch zeigten sich keine Knospen. Als ich eine Minute später voller panischer Ungeduld wieder hinunterblickte, war es immer noch so. Etwas hielt den Fluss der Dinge auf. Eine Art Wehr verhinderte, dass die Ereignisse sich entwickeln konnten, wie ich es gewohnt war. Als ich das begriff, erfüllte mich eine gänzlich unvernünftige Mutlosigkeit, der Boden unter mir schwankte.

Seit meiner Kindheit gab es dieses Problem. Ich habe

neulich im Garten mit Bobo darüber gesprochen, und er verstand mich sofort. Ich hatte nämlich die Vorstellung, ich müsse durch mein Leben hindurcheilen wie durch einen Tunnel, und am Ende, endlich, würde sich das Helle zeigen. Der Ausgang. Die Erkenntnis. Jemand würde mir alles zeigen. Dann war ich durch.

So vergingen die Jahre, deren Summe ich mein Leben nannte, weil ich glaubte, es gehöre mir. Tag für Tag hatte ich meine Liste abgearbeitet. Wieder stand ein Frühling vor der Tür. Alles wartete darauf. Und als ich auf die Bäume hinunterstarrte, wankte der Boden.

Vielleicht hatte es mit diesen Geräuschen zu tun, ein Stampfen wie von aufbegehrenden Häftlingen, ein Röhren wie das Durchbrechen von Mauern, von einer sich bedrohlich vor meinem Fenster bewegenden Maschine verursacht, die den Straßenbelag bearbeitete, um Wärmepumpen anzulegen.

Jedenfalls begriff ich plötzlich, dass ich ein Gefangener war. Wie hatte ich das übersehen können! Ich stand hinter meinen Gittern, vor mir die Stadt, ich befand mich in einem Käfig, den man in meiner Kindheit gebaut hatte und rüttelte seitdem an den Stäben. Und alles veränderte sich zwar ohne Zögern, aber ohne mich.

Ich wollte meinen Platz am Fenster sofort verlassen. Ich wollte davongehen, handeln, ein Zeitgenosse sein, so wie jeder andere. Aber schon versank ich bis zum Herzen im Untergrund. Ich befand mich am falschen Platz, das wurde mir klar, hier hatte das Leben keine Plattform gebaut, auf der ich festen Halt gewinnen konnte. Alle diese entstehenden Wege waren nicht für mich gemacht.

Ich weiß nicht, wie lange ich um Hilfe gerufen habe. Erst nach einer Weile wurde ich ruhiger, vielleicht nur kraftloser. Es hörte mich ohnehin niemand.

Aber als ich wieder hinunterblickte, sah ich erleichtert, dass die Bäume sich zu einem großen Garten vervielfacht hatten. Und dass die Knospen an den Zweigen der Bäume inzwischen ohne jede Anstrengung, in einer verschwenderischen Geste, aufgebrochen waren ...

Das war der Moment, in dem ich den endgültigen Entschluss fasste, die Stadt sofort zu verlassen und aufs Land zu ziehen.

BERNDT SCHULZ wurde an den mäandernden Ufern der Havel geboren und wuchs in gewalttätigen Berliner Verhältnissen auf. In seinem autobiografischen Roman „Den Atem anhalten" erzählt er, wie er sich durch Schreiben und Literatur aus einer sprachlosen Welt befreite. Er verfasste eine Reihe von erfolgreichen Krimis und Historischen Romanen und zog mittlerweile raus aufs Land. Dort lebt er auf einem Alten Pfarrhof und versucht in einem umgerüsteten Zirkuswagen, die inspirierenden Erfahrungen des Neuen Landlebens schriftstellerisch zu verarbeiten. Der Episodenroman „Schöne grüne Welt" ist das vorläufige Ergebnis dieser Bemühung.

Berndt Schulz

Den
Atem
anhalten

Autobiographischer
Roman

Jeder einzelne Moment ist sinnvoll und sinn-
los zugleich. Damit müssen wir leben. Jeder
Moment ist kostbar, und wenn wir versu-
chen, ihn festzuhalten, dann entgleitet er uns.

BERNDT SCHULZ

Den Atem anhalten

»Seltsam, wie man als Kind vorurteilslos alles hinnimmt, Menschen, Dinge, Ereignisse, sie sind einfach da, ein Teil des Lebens wie das Wetter, man hinterfragt es nicht. Aber später hielt ich vieles für undurchsichtig, für Verhältnisse, die ich nicht erklären konnte. Ich habe meine Mutter damals natürlich nicht gefragt, und später auch nicht. Erst als ich in den Jahren 1967 und 1968 in Westberlin mit den aufrührerischen Studenten auf die Straßen ging, kamen mir diese Fragen hoch – aber da war meine Mutter schon gestorben. Ich habe sowieso wenig gefragt damals. Auch nicht meine beiden älteren Schwestern. Ich war gefangen in einem ganz solitären Gefühl, in dem Willen nämlich, ausbrechen zu müssen, weiter, immer nur weiter, dorthin, wo es freier und heller wird, wo der Sturm abklingt. Heute würde man sagen, ich war traumatisiert. Ich war in der Dunkelheit. Ich hielt den Atem an.«

Zu beziehen über den Autor Berndt Schulz:
berndtschulz@t-online.de
Preis: 15,00 EUR

JOHANNES
CHWALEK

*Gespräche
am Teetisch*

ROMAN

edition federleicht

Die doppelbödige Moral eines scheinbar gutbürgerlichen, geordneten Lebens wird exakt beschrieben, sodass man sich unwillkürlich fragt, ob dieser
Roman nicht autobiographische Züge trägt. Welcher Romancier könnte solche Szenen in dieser lebendigen Dichte erdenken und inszenieren? Der Autor
zeigt: Häusliche Gewalt ist weder „gottgegeben" noch blindes, unabwend-
bares Fatum – sie war und ist: Menschen-gemacht. Und damit veränderbar
und abwendbar.

BERNHARD RUPPERT

JOHANNES CHWALEK

Gespräche am Teetisch

Eine Familie.
Eine Geschichte.
Eine Kleinstadt in der Pfalz.

Gewaltorgien und pathetische Reden: Wie passt
das zusammen? Wie gelingt es einem Kind, sich
mittels Sprache – obgleich in völliger Stille – zur
Wehr zu setzen? Es führt Tagebuch: ein Tagebuch im Geiste.
Johannes Chwalek lässt den Protagonisten aus
der Ich-Perspektive sprechen, gibt ihm eine
Stimme: ein zunächst ungeschriebenes Protokoll
der Grausamkeit, Gleichgültigkeit und des Zynis-
mus entwickelt jener Junge aus einer pfälzischen
Kleinstadt, während sein Vater vornehmlich an
Sonn- und Feiertagen philosophische Weisheiten
vermittelt.

edition federlicht, Frankfurt am Main 2019
ROMAN
Softcover, 198 Seiten
ISBN 978-3-946112-35-8
13,00 EUR
E-Book ISBN 978-3-946112-42-6
10,99 EUR

THOMAS BERGER
„INMITTEN DER EUROPÄISCHEN
NACHT ..."
Erneuerung der Sozialdemokratie
aus dem Geist des „mittelmeerischen
Denkens" (Albert Camus)
ESSAY
Softcover, 48 Seiten
ISBN 978-3-946112-13-6, 8,00 EUR

THOMAS BERGER
GUTENBERG UND DIE
REFORMATION
Ein folgenreiches Bündnis
ESSAY, REIHE V
Softcover, 64 Seiten
ISBN 978-3-946112-32-7, 6,50 EUR

THOMAS BERGER
ORTE UND WORTE
IMPRESSIONEN
GEDICHTE und FOTOGRAFIE
Softcover, 86 Seiten
ISBN 978-3-946112-19-8, 12,80 EUR

THOMAS BERGER
KURIOSE BEGEGNUNGEN
Tierisches & Menschliches
GEDICHTE
Softcover, 106 Seiten
ISBN 978-3-946112-05-1, 15,00 EUR

THOMAS BERGER
ALBERT CAMUS
ABSURDITÄT UND GLÜCK
ESSAY
Softcover, 88 Seiten
ISBN 978-3-946112-01-3, 9,50 EUR

ANTHEA BISCHOF
DES ZIMMERMANNS SOHN
Von Blut und Wein
NOVELLE
Softcover mit Klappen, 245 Seiten
ISBN 978-3-946112-33-4, 15,00 EUR
E-Book ISBN 978-3-946112-41-9, 11,49 EUR

DANA POLZ
DER SCHMIERFINK
ROMAN
Festeinband, 275 Seiten
ISBN 978-3-946112-09-9, 16,00 EUR

PATRICK WEBER
DER PFAD DES EWIGEN FEUERS
ROMAN
Softcover, 480 Seiten
ISBN 978-3-946112-34-1, 16,80 EUR
E-Book ISBN 978-3-946112-39-6, 12,99 EUR

PATRICK WEBER
DER BOTE DES JÜNGSTEN GERICHTS
ROMAN
Softcover, 390 Seiten
ISBN 978-3-946112-24-2, 14,80 EUR
E-Book ISBN 978-3-946112-40-2, 11,99 EUR

KARINA LOTZ
WortRaum
ERZÄHLUNGEN
Softcover, 108 Seiten
ISBN 978-3-946112-00-6, 9,00 EUR

KARINA LOTZ
ALLES AUF EINER KUHHAUT
Heitere Verse
Mit Illustrationen von Denis Mohr
Festeinband, 128 Seiten
Format: 18 x 27 cm
ISBN 978-3-946112-17-4, 18,00 EUR

RENATE DIEFENBACH
LYRISCHE REISEN
HAIKU
Festeinband, 68 Seiten
ISBN 978-3-946112-31-0, 15,50 EUR

BRIGITTE TEN BRINK
& GABRIELE HARTMANN
KNOTEN IM KOPF ...
DOPPEL-RENGAY und TAN-RENGA
Softcover, 64 Seiten
Format: 16 x 16,5 cm
ISBN 978-3-946112-10-5, 9,50 EUR

JONATHAN RAPHAEL RICHARDS
GERADE DAS ERSCHÖPFTE SINGT!
GEDICHTE
Softcover, 36 Seiten, 2. Auflage 2016
ISBN 978-3-946112-11-2, 5,00 EUR

NIELS-JOHANNES GÜNTHER
DIE SCHATZFÄNGER UND DAS
HÖHLENABENTEUER
JUGENDROMAN
Softcover mit Klappen, 180 Seiten in Farbe
ISBN 978-3-946112-26-6, 18,00 EUR

NIELS-JOHANNES GÜNTHER
WORTE HERZGEMACHT
GEDICHTE
Softcover, 140 Seiten
ISBN 978-3-946112-15-0, 14,90 EUR

... IM LEBEN / ... IN LIFE
ANTHOLOGIE
Festeinband, 48 Seiten
ISBN 978-3-946112-27-3, 12,00 EUR

IRENE BARTHEL und KARL PEIFER
FARBEN DES HORRORS /
COLOURS OF HORROR
Impressionen in Worten /
Impressions in Words
Impressionen in Öl auf Leinwand /
Impressions in Oil on Canvas
Softcover, 60 Seiten
ISBN 978-3-946112-03-7, 16,90 EUR

IRENE BARTHEL
EINEN PULSSCHLAG LANG
ERZÄHLUNGEN
Softcover, 138 Seiten
ISBN 978-3-946112-12-9, 13,00 EUR

SIEGFRIED GROSSE
AUCH SCHRITTE WACHSEN
Reibungen und Reifungen
LEBENSPRAXIS
Festeinband, 320 Seiten
ISBN 978-3-946112-29-7, 18,00 EUR

SIEGFRIED GROSSE
AUCH TRÄUME WANDERN
Begegnungen
LEBENSPRAXIS
Festeinband, 272 Seiten
ISBN 978-3-946112-23-5, 18,00 EUR

SIEGFRIED GROSSE
und CHRISTIAN GROSSE
ÜBER KURZ NACH LANG
Nur mal ein paar Gedanken
APHORISMEN
Softcover, 120 Seiten
ISBN 978-3-946112-16-7, 12,80 EUR

MATHIAS SCHERER
VOM IRRWITZ DES ALLTAGS
ERZÄHLUNGEN
Softcover, 210 Seiten
ISBN 978-3-946112-14-3, 15,90 EUR

MATHIAS SCHERER
ERSTLINGSWERK
Ein Wiesbaden-Krimi
REIHE K
Festeinband, 112 Seiten
Format: 8,5 x 12,5 cm
ISBN 978-3-946112-25-9, 9,00 EUR

HAJO GELLHAUS
MORD AN DER ALTEBURG
KRIMINALROMAN
Der erste Fall
von Kommissar Leichtfuß
Softcover, 176 Seiten, 4. Auflage 2018
ISBN 978-3-946112-06-8, 12,90 EUR
E-Book ISBN 978-3-946112-37-2, 9,49 EUR

HAJO GELLHAUS
MORD IM
TAUNUS ADVENTURE PARK
KRIMINALROMAN
Der zweite Fall
von Kommissar Leichtfuß
Softcover, 182 Seiten
ISBN 978-3-946112-30-3, 12,50 EUR
E-Book ISBN 978-3-946112-38-9, 9,49 EUR

HAJO GELLHAUS
GOLDFÄNGER
KRIMINALROMAN
Softcover, 176 Seiten
ISBN 978-3-946112-20-4, 12,50 EUR

MARCO MORENO
WUNDER HINTER WOLKEN
13 außergewöhnliche Geschichten
ERZÄHLUNGEN
Softcover, 360 Seiten
ISBN 978-3-946112-21-1, 15,00 EUR

AUTORENTREFF BAD CAMBERG E.V.
KRIMIS UND ANDERE
SPANNENDE GESCHICHTEN
ERZÄHLUNGEN
Softcover, 218 Seiten
ISBN 978-3-946112-18-1, 10,00 EUR

CHRISTIANE WIDROWSKI
JEDES JAHR EIN SCHMETTERLING
Mit Gemälden von Brigitte Struif
ERZÄHLUNGEN
Softcover, 160 Seiten
ISBN 978-3-946112-28-0, 14,50 EUR

BERNHARD SATTLER
LUALMA STRAHLT IN DIE WELT
ERZÄHLUNG
Softcover mit Illustrationen
153 Seiten, Format 17 x 17 cm
ISBN 978-3-946112-22-8, 15,00 EUR

JELISAVETA KOVA
MIT TIERKINDERN AUF
ENTDECKUNGSREISE
GESCHICHTEN
Softcover, 50 Seiten, Format 21 x 21 cm
ISBN 978-3-946112-08-2, 11,80 EUR

SCHREIBTISCH
Literarisches Journal
Softcover
ISSN 2567-1138
Ausgabe 2017
ISBN 978-3-946112-04-4, 8,00 EUR
Ausgabe 2018
ISBN 978-3-946112-07-5, 9,00 EUR
Ausgabe 2019
ISBN 978-3-946112-44-0, 10,00 EUR